PIACERI TRA LE MONTAGNE

I SELVAGGI UOMINI DI MONTAGNA – LIBRO 2

VANESSA VALE

Copyright © 2020 by Vanessa Vale

Tutti i diritti riservati. Nessuna parte di questo libro può essere riprodotta o trasmessa in qualunque forma o mezzo, elettrico, digitale o meccanico, incluso ma non limitato alla fotocopia, la registrazione, la scannerizzazione o qualunque altro mezzo di salvataggio dati o sistema di recupero senza previa autorizzazione scritta da parte dell'autore.

Vale, Vanessa
Titolo originale: Mountain Delights

Cover design: Bridger Media
Cover graphic: Hot Damn Stock; Deposit Photos: EpicStockMedia

ISCRIVITI ALLA NEWSLETTER

Unisciti alla mailing list per essere informato per primo su nuove uscite, libri gratuiti, premi speciali e altri omaggi dell'autore.

http://vanessavaleauthor.com/v/db

1

Hailey

Di solito non andavo a casa di uno sconosciuto per fare sesso. Okay, non lo facevo *mai*. Fino a quel momento. Da quanto mi era stato detto, Cy Seaborn era una rockstar sotto le lenzuola, e ben messo. Abile e ben dotato erano due cose importanti per me, come per qualunque donna, immaginavo. E un cowboy? Per la miseria, mi stavo eccitanto solamente a guidare la mia vecchia Land Cruiser lungo il vialetto sconnesso che attraversava la sua proprietà.

Mi ci erano voluti venti minuti dalla città per arrivare al ranch Flying Z, e altri cinque – fino a quel momento – per percorrerne il vialetto. Finalmente spuntò la casa mentre percorrevo una salita. Quel posto era incantevole. Verdi praterie adesso asciutte, che si snodavano lungo un leggero pendio prima che le montagne si ergessero dritte verso le loro vette innevate.

Il Monte Cutthroat, la località sciistica, si trovava sul lato posteriore di una di esse. La differenza tra est ed ovest era notevole. Di qui era tutto silenzioso, non c'era anima viva. Di là, una volta terminata la stagione fangosa, gli impianti di discesa avrebbero aperto e la gente sarebbe tornata alle proprie case-vacanze lussuose e ai SUV esagerati. Un sacco di ricchi vacanzieri.

Il mio cellulare squillò sul sedile del passeggero. Conoscevo quella suoneria particolare e la ingorai. Mark mi aveva chiamata senza sosta ed io lo stavo evitando. Il mio allenatore voleva che tornassi in palestra ad allenarmi, a incontrare gli sponsor, a fare scatti in posa per dimostrare che ero tarnata al cento per cento dopo il mio infortunio.

Il mio ginocchio era migliorato, ma la mia mente non era più concentrata sullo sport. Non lo era stata sin dall'incidente e non ero sicura che vi sarebbe mai tornata. Avevo fatto un ottimo lavoro a non pensarci. Incontrare Lucas, stare con lui, di certo mi aveva aiutata. Un uomo sexy e un sacco di sesso erano in grado di farlo. E adesso c'era Cy. Il cellulare si zittì e lo stesso fecero tutti i pensieri relativi alla mia carriera.

Sorrisi. Eccoci.

Accostai e parcheggiai, guardando la casa dal finestrino. Una tipica fattoria a due piani, immaginai dallo stile vintage che dovesse essere degli anni trenta o quaranta. Era rivestita di assi in legno bianco, con un'ampia veranda. In lontananza, riuscivo a scorgere qualche altro edificio che immaginai fossero le stalle, diverse baracche e dei piccoli cottage. Non mi trovavo lì per l'associazione no profit gestita in quel posto, ma per l'uomo che la possedeva.

A proposito... un uomo uscì in veranda, senza dubbio avendomi sentita arrivare. Lo catalogai come un metro e novanta per novanta chili, senza un briciolo di grasso. La sua camicia a quadri e i jeans non nascondevano il fisico muscoloso che vi stava al di sotto. Se lanciare balle di fieno conferiva ad un ragazzo quell'aspetto, era il caso di istituire un nuovo trend nel campo del fitness. Se non altro una maglietta che dicesse *Forte Come Un Cowboy*.

Dei capelli scuri troppo lunghi gli si arricciavano sul colletto della camicia scozzese e a me prudevano le mani dalla voglia di passarvi le dita attraverso, magari quando quella testa si fosse trovata in mezzo alle mie gambe con lui impegnato a divorarmela. Mi agitai sul sedile, le mutandine già bagnate alla sola idea. Fu la barba, però... cazzo. Spessa e folta, corta ai lati e più lunga al fondo. Che sensazione mi avrebbe dato *quella* sfregandosi contro le mie cosce? Con il SUV spento, l'abitacolo si stava raffreddando in fretta, ma io no. Affatto. Morivo di caldo al solo scoparmi quell'uomo con gli occhi da dieci metri di distanza.

Lui non si avvicinò, si limitò ad appoggiarsi ad una colonna. In attesa, con un fucile in mano. *Fantastico*.

Non aveva idea di chi fossi. Lucas aveva detto di non aver avuto intenzione di dire a Cy in anticipo del mio arrivo. Dal momento che Lucas non era ancora arrivato – il mio era l'unico veicolo nei paraggi – dovetti chiedermi se fosse stata una buona idea o meno.

Il piano era quello di una cosa a tre... se il terzo – Lucas – si fosse deciso ad arrivare, cazzo.

Per quanto riguardava Cy, non sembrava entusiasta di avere compagnia. Gli avremmo fatto cambiare idea; se non altro, ci speravo. Si sarebbe fatto una scopata e magari mi avrebbe fatto perdere la testa. Solo che ancora non lo sapeva.

Traendo un respiro profondo, scesi dal SUV, facendo attenzione al mio ginocchio sinistro, e mi sbattei la portiera alle spalle.

«Puoi risalire dritta a bordo e andartene,» esclamò Cy. La

sua voce era profonda, il timbro liscio come il whiskey, e decisamente minacciosa.

Mostrandomi più determinata, raddrizzai le spalle e feci un passo verso di lui. Solamente uno perchè non ero del tutto stupida dal momento che lui era armato e quant'altro. Non pensavo che mi avrebbe sparato...

«Sono qui per-»

Lui sollevò la mano libera per interrompermi. «So perchè sei qui. Quelli della tua specie non fanno che sollevare un polverone sul mio vialetto dalla scorsa settimana nel tentativo di ottenere una storia. Devono essersi fatti disperati se mi mandano la bella figa.»

Oh. Merda. Pensava che fossi una reporter che tentava di ottenere uno scoop sul fiasco con Dennis Seaborn. Sapevo tutta la storia. Chi non la sapeva, a Cutthroat? Quel tipo si era costituito per l'omicidio di Erin Mills, la sorella di Lucas. Era stato interrogato sondando ogni singolo aspetto della faccenda e la sua versione aveva retto. Fino a quando una foto scattata da una telecamera di sorveglianza ad un semaforo che mostrava Erin viva quando lui aveva detto di averla uccisa non aveva mandato all'aria tutto quanto. Adesso, era fuori prigione – non potevano trattenerlo per un crimine che non aveva commesso – e tutti nel Montana occidentale si stavano chiedendo perchè si fosse fatto avanti se non era stato lui. Chi avrebbe fatto una cosa del genere? Prendersi la colpa per un omicidio? *Un omicidio.*

Dennis Seaborn era il padre di Cy. Se n'era andato, da quanto mi aveva raccontato Lucas. Io e lui ci eravamo conosciuti due settimane prima che sua sorella venisse uccisa ed io ero fin troppo consapevole di come la cosa l'avesse sconvolto. Sapevo tutto della sua amicizia con Cy, del loro rapporto di lavoro. Certo, Lucas detestava Dennis

Seaborn per aver ostacolato il caso di sua sorella, ma non biasimava Cy.

Forse era l'unico a pensarla a quel modo a giudicare dal modo in cui lui si stava comportando.

Guardai Cy, il suo sguardo carico di rabbia e odio. Non quello che avrei voluto vederci. Bramosia, desiderio e voglia sarebbero stati meglio. Dalle foto di Dennis, lui e Cy si assomigliavano molto. Avevano gli stessi capelli scuri – per quanto quelli di Dennis fossero più grigi che neri, ormai – e gli stessi occhi. Il sangue era sangue e, con loro, si vedeva. E i giornalisti erano sempre a caccia di sangue.

«C'è stato un errore,» dissi, sollevando le mani e avvicinandomi. Avevamo tutti dei problemi, tutto ciò che volevo fare io era dimenticarmi dei miei tra due cowboy dai corpi robusti. Tuttavia, mi raggelai quando lui sollevò leggermente il fucile. «Whoa, non c'è bisogno di spararmi.»

«Allora fa' come ti dico.» Il fucile non era puntato contro di me, per quanto non avessi idea se avesse la sicura o quanta mira avesse.

«Non sono una reporter.»

«Agente immobiliare?»

La gente si aspettava che vendesse il ranch e se la desse a gambe per via di quello che aveva fatto suo padre? Da quanto ne sapevo io, quel ranch era enorme, si estendeva non solo lungo la prateria che riuscivo a vedere, ma anche sulle montagne più in là. Lucas gestiva la propria attività no profit da quella proprietà, con lui e Cy che organizzavano e portavano i veterani affetti da sindrome da stress post traumatico a fare delle escursioni nelle aree isolate.

«Decisamente no.»

«Allora che cosa sei?»

Io abbassai lo sguardo sui miei vecchi stivali di pelle, poi lo sollevai per incrociare il suo, facendo un altro paio di passi verso di lui. Lui non sollevò l'arma, per cui mi sentii piuttosto sicura del fatto che non avesse intenzione di sparare ad una donna.

«Sono una sciista professionista. Forse.» Scrollai leggermente le spalle e mormorai quell'ultima parola più per me che per lui. «Senti, io-»

«Qualunque cosa tu voglia vendermi, non sono interessato.» Chiaramente, non aveva ascoltato una sola parola di quello che avevo detto. «Vattene dalla mia proprietà.» Girò i tacchi e si diresse nuovamente verso casa.

«Aspetta,» lo chiamai io. Non stava proprio andando come mi ero immaginata. Sarei dovuta scendere dal SUV, sorridergli, sbatter le ciglia e dirgli che io e il suo amico Lucas Mills stavamo insieme – e scopavamo – e volevamo coinvolgerlo un po' nel divertimento. *Un sacco* di divertimento.

Una delle mie fantasie comprendeva due cazzi. Una cosa a tre con un sacco di orgasmi. Lucas aveva detto che Cy era piuttosto dominante a letto, il che era esattamente ciò che avevo sperato. Lucas era decisamente un maschio alfa, ma non mi faceva pressione, ed io avevo bisogno di essere messa sotto pressione. Non ero più sulle piste e mi mancava quella, dio, quella *focalizzazione* che ottenevo con quel genere di intensità.

Non facevo nulla a metà. Non vincevo i campionati di sci per mancanza di sicurezza. Non nella mia carriera e non nella mia vita sessuale. Sapevo cosa volevo e lo inseguivo. Ed io volevo Lucas... e Cy.

Io e Lucas non avevamo parlato di un impegno a lungo termine. Ci stavamo divertendo. Con la sua sindrome da stress post traumatico, che l'aveva svegliato da un incubo più di una volta, sembrava non essersi voluto impegnare. O se non altro, non dicendolo ad alta voce. Ci eravamo accontentati entrambi di un po' di divertimento. Tuttavia, *avevamo* concordato sul fatto che mancasse qualcosa. E quel qualcosa era *qualcuno*.

Cy, però, non voleva saperne. Lucas avrebbe dovuto trovarsi lì a darmi manforte – era altrettanto interessato a sbattermi assieme ad un altro – ed io avrei ottenuto una doppia porzione di cowboy sexy. Okay, quindi Lucas non c'era ancora. Mi lanciai un'occhiata lungo il vialetto alle mie spalle. Già, niente Lucas. Però avrei potuto comunque cercare di conquistarmi Cy con il mio fascino, nel mentre, no?

Be'... indossavo un set di reggiseno e mutandine rosse sexy, ma a meno che non avesse la vista a raggi x, non l'avrebbe mai saputo perchè ero praticamente coperta da capo a piedi con dei jeans, una maglia nera a collo alto e un piumino leggero. Avevo a malapena della pelle in mostra, figuriamoci una scollatura o un po' di ventre. Ottobre nel Montana non era il momento giusto per fare uno strip tease all'aperto. Con un vento forte proveniente dalle montagne, dovevamo essere vicini allo zero, nonostante il sole splendesse nel cielo. Non era solamente il gran figo che avevo di fronte a farmi indurire i capezzoli.

«Mi ha mandata Lucas,» dissi ad alta voce, sperando che con quello sarei riuscita a placarlo.

Riuscii a farlo voltare. Da quella distanza, riuscivo a vedere che aveva gli occhi scuri come i suoi capelli. Intensi. Penetranti. A proposito di *penetranti*, lo scrutai da capo a piedi, osservando lo spesso rigonfiamento del suo cazzo all'interno dei suoi jeans consunti. *Ecco* che cosa volevo. Poteva anche scoparmi con gli occhi, ma una scopata con un cazzo sarebbe stata molto meglio.

«Perchè diamine l'avrebbe fatto?»

Io deglutii. Con forza. Era quello che volevo. Due

uomini che mi facessero dimenticare, che mi rendessero felice. Avevo condiviso quella fantasia con Lucas e lui era stato più che disposto a renderla realtà. Se solo si fosse fatto vivo, diamine. Era decisamente il caso che si desse da fare. Io ero in grado di scendere per una ripida montagna ricoperta di neve su due pezzi di elastomero larghi novantacinque millimetri a più di centotrenta chilometri orari senza fare una piega. Dire a Cyrus Seaborn che volevo farmi una cavalcata col suo cazzo non avrebbe dovuto essere troppo difficile.

«Così che tu mi scopassi.»

2

«Che cosa hai detto?»

Pensavo che avesse detto che voleva che me la scopassi. Non avevo problemi al riguardo. In effetti, il mio cazzo era entusiasta dell'idea.

Quella donna misteriosa era stupenda. Non la classica cittadina in cerca di una storia, sembrava nata e cresciuta nel Montana. Era alta, probabilmente un metro e cinquantacinque. Robusta come se non si cibasse di insalatine ad ogni pasto. I suoi capelli biondi le cadevano lunghi sulla schiena, lisci, ma spessi, e delle ciocche svolazzavano al vento finendole sul viso. Lei se le scostava senza alcuna finezza. Era difficile stabilire quanto fosse formosa sotto i suoi abiti – per quanto avesse i jeans attillati che mettevano in risalto le sue gambe sode e chilometriche, la maglia a collo alto e la giacca grigia nascondevano tutto il resto, tipo se le sue tette riempissero bene le mani o se fossero dei picchi come quelli da cui prendevano il nome le Teton nel Wyoming – tuttavia avevo una gran voglia di spogliarla tutta e scoprire ogni singolo centimetro sexy del suo corpo.

Non era bella nella maniera tradizionale. Non era truccata e il suo approccio era pratico. Audace da morire. Diamine, alla Forca sulla Main Street, ero stato avvicinato da donne interessate a divertirsi un po' con me in più di un'occasione, ma non me n'era mai arrivata una davanti alla porta di casa.

«Ho detto che voglio scoparti.»

Già, l'avevo sentita bene. Perchè avrebbe voluto scoparsi *me*? Con il suo aspetto e il suo atteggiamento diretto, non le serviva uno stronzo come me, nè le serviva farsi più di venti chilometri dalla città per farlo. Non con uno che non voleva avere a che fare con la gente dopo il... fiasco di suo padre, che stava diventando un cazzo di eremita. Diamine, uno con un padre del genere.

Oh merda. Aveva detto che l'aveva mandata Lucas.

Era una specie di regalo per tirarmi fuori da quella situazione? Ma certo che lo era. Quale modo migliore per farmi dimenticare tutte le stronzate che erano successe se non affondare in una bella figa calda? E con lei? Diavolo, sì. Sarei riuscito a tenermi occupato per delle ore. Per giorni, perfino. C'erano così tanti modi in cui me la sarei potuta prendere che non sarei stato soddisfatto per molto, molto tempo.

Non avevo alcun problema a farmi prendere per le palle da quella donna per un po', e con quel suo atteggiamento sfacciato, l'avrebbe fatto col culo rosso. Poteva anche avere il controllo in quel momento, ma non sarebbe durata a lungo.

Conoscevo Lucas da anni e non ritenevo impossibile che cercasse di rimettermi in pista. Mio padre – se così lo si

Piaceri tra le montagne

poteva chiamare – mi aveva deluso quando aveva abbandonato me e mia mamma quando io avevo avuto nove anni. Non l'avevo più rivisto da allora. Fino al mese scorso, quando mi aveva fottuto di nuovo. Si era costituito, aveva confessato un omicidio. Nel giro di pochi giorni, si era scoperto che aveva mentito. Era stato rilasciato, dopodichè si era dato alla macchia. Avevo sentito dire dai notiziari che si era rintanato nella sua catapecchia ad un'ora a sud della città e non ne era più uscito.

La sua foto era ovunque – la TV, i giornali, i tabloid online – e poichè i reporter erano dei bastardi spietati e la gente al giorno d'oggi bramava un bel pettegolezzo succoso, io ero stato trascinato in quel casino. Io ero *Il Figlio*. L'unico parente in vita di Dennis Seaborn, l'uomo che aveva mentito riguardo all'aver ucciso una delle donne più conosciute di Cutthroat, Erin Mills.

Avevano cercato di farmi parlare. Io non avevo nulla da dire al riguardo. Non vedevo mio padre da quasi vent'anni, non gli avevo parlato una sola volta.

Non volevo avere nulla a che fare con mio padre. Nè ora nè mai.

Non avevo idea del perchè l'avesse fatto. Perchè cazzo avrebbe dovuto confessare un crimine che non aveva commesso? Non aveva senso nè per me nè per chiunque altro, inclusa la polizia.

I reporter, però, erano come avvoltoi che si avventavano su una piccola preda, affondandovi gli artigli e mirando ad uccidere. Io ero la carne da macello perfetta. Sapevano che lavoravo con Lucas, il fratello di Erin. Sapevano che eravamo amici da anni. Gli avevo offerto la storia perfetta su un piatto d'argento.

Cyrus Seaborn: la sorella del migliore amico assassinata, il padre confessa falsamente di averla uccisa.

Io non raccontavo nulla a quegli stronzi, mi limitavo a puntargli contro il fucile fino a quando non se ne andavano.

C'ero stato per Lucas durante quel disastro, il funerale, l'avere a che fare coi suoi genitori, il superamento della perdita. Lo sostenevo ancora. E lui c'era stato per me durante il fiasco con mio padre, nonostante Lucas avesse avuto tutto il diritto di odiarmi per ciò che aveva fatto quel bastardo. Proprio come chiunque altro in città.

E dal momento che il caro paparino non aveva fracassato la testa ad Erin, dopotutto, era importante scoprire chi fosse stato, non solo per Lucas, ma anche per me. La polizia non aveva nuove piste da seguire. Mi aveva tenuto aggiornato Lucas dal momento che non erano stati interessati ad ascoltare nessuno della famiglia Seaborn. Non li biasimavo. Era già abbastanza difficile cercare di trovare l'assassino senza nessuno a depistarli. Mio padre gli aveva fatto perdere del tempo che avrebbero potuto sfruttare per concentrarsi a trovare il *vero* assassino.

Tutto quello era il motivo per cui non avevo intenzione di andare a Cutthroat fino a quando l'interesse nei confronti di Dennis Seaborn non fosse scemato. Me l'ero cavata per tre settimane, fino a quel momento.

Era stato un lungo periodo senza vedere alcuna donna. Ne era passato ancora di più dall'ultima volta che me n'ero scopata una, ma Lucas sembrava preoccupato del fatto che stessi trascorrendo troppo tempo da solo, con solamente la mia mano come fonte di compagnia. Sapeva cosa fosse la depressione dal momento che soffriva di sindrome da stress post traumatico e aiutava gli altri veterani a superarla.

Dunque cos'aveva fatto, aveva assunto una prostituta? Di sicuro era un nuovo genere di terapia.

Lei non sembrava una prostituta, però, per quanto non mi fossi nemmeno aspettato che scendesse dall'auto con indosso dei vertiginosi tacchi a spillo, una gonna attillata di lattice e un corsetto rosso.

«Già, era proprio quello che pensavo avessi detto,» replicai, grattandomi la barba.

In lontananza si sollevò della polvere ad indicare che un'auto stava risalendo il vialetto. Guardai in quella direzione e lei seguì il mio sguardo.

«Spero sia Lucas,» constatò, rilassando leggermente le spalle.

Io non dissi altro fino a quando lui non arrivò e parcheggiò. Lucas aveva tutte le risposte.

Scese dal proprio pickup, andò da *lei* e la baciò. Non mi rivolse nemmeno un cenno col mento in segno di saluto. Aveva occhi solo per lei.

Ma. Che. Cazzo?

Le rivolse un sorriso, poi le passò un braccio attorno alle spalle. Solo allora, poi, guardò me.

«Vedo che vi siete conosciuti,» disse.

«Non sono tanto disperato da aver bisogno di una prostituta, stronzo,» gli dissi io.

Lui sollevò lo sguardo, poi lo assottigliò, stringendo la mascella. «Possiamo anche essere migliori amici, ma non esiterò a pestarti a sangue per aver chiamato la mia donna una cazzo di prostituta.»

Ma che cazzo?

Io sospirai, lasciando andare tutto il fiato. Okay, quindi non era una prostituta. Era peggio. La sua donna? Che diavolo voleva dire esattamente? Ragazza? Scopamica? Fidanzata?

Ero sorprendentemente deluso. Avevo desiderato quella donna, me l'ero voluta scopare dal momento che era il motivo per cui mi aveva detto di essere lì, scoprire che cosa la eccitasse così da farle perdere la testa, così da sculacciarla fino a farle perdere quella sfrontatezza, da smorzarla in semplici piagnucolii e gemiti. Si sarebbe sciolta tra le mie mani.

Dissi al mio cazzo di ritirarsi.

Lucas mi aveva detto di aver incontrato qualcuno, che fosse incredibile, che ciò che avevano era speciale. Riuscivo a vederlo. Erano belli insieme. Riuscivo a vedere la passione e l'alchimia che c'era tra di loro sin da dove mi trovavo in veranda.

Nonostante lei appartenesse al mio amico, riuscivo ad immaginarmi anche di stare io con lei. Mi stuzzicava in ogni maniera possibile, comprese alcune che non avevo conosciuto, e non sapevo nemmeno come cazzo si chiamasse.

Non era così bassa che mi sarei dovuto piegare a metà per baciarla. E sarei stato in grado di succhiarle i capezzoli mentre le affondavo il cazzo dentro. Non se apparteneva a Lucas, però.

«La tua donna vuole che io me la scopi. Te l'ha detto?»

Già, ero una cazzo di spia, ma se ci provava con me, tanto sfacciatamente, allora non era la donna adatta a lui e lui doveva saperlo. Gli amici prima delle puttane, per quanto lei non fosse tale.

Lucas non diede di matto, si limitò a sogghignare. E la sua donna? Non fece una piega, non sembrò nemmeno sentirsi in colpa per aver fatto avances al migliore amico del suo uomo. Poteva essere arrossita leggermente, ma avrebbe anche potuto essere stata l'aria fredda.

«L'ho mandata qui io,» ammise lui.

Lui l'aveva mandata. Eh?

«Per scoparmi,» ripetei io per assicurarmi di comprendere che cosa stesse succedendo. «Non ho bisogno di una scopata compassionevole. È sbagliato e basta.»

Lui chiuse gli occhi per un istante, scuotendo la testa. «Sei uno stronzo.»

Lo sapevo.

«Hailey non è qui per scoparti per compassione. È qui per farsi scopare da entrambi noi. Insieme.»

Porca puttana. Okay, quindi era decisamente una situazione di scopamici. Da cui potevo trarre vantaggio anch'io.

Avevo il cazzo duro come una roccia che mi premeva dolorosamente contro la zip dei pantaloni.

«Perchè non l'hai detto subito?» le chiesi con un ringhio mentre appoggiavo il fucile contro la casa. Non ce l'avevo solamente duro come una roccia, ero anche incazzato.

Perchè? Non ne avevo idea.

Lucas aveva sempre parlato del condividere una donna. Non una conquista qualunque con cui farci una sveltina selvaggia, ma una donna che avesse importanza. Una donna da tenerci. Insieme.

Non era mai successo e avevo immaginato che non sarebbe mai arrivata perchè era sempre stata una fantasia.

Fino a quel momento. Fino a quando non era diventata realtà.

Porca puttana.

Non solo le avevo puntato addosso un cazzo di fucile, ma l'avevo chiamata prostituta.

«Ci stavo provando, ma non me l'hai permesso,» controbatté lei.

Io scossi la testa, sfregandomi di nuovo la barba. Cazzo, ero stato un completo stronzo. Di solito non mi comportavo così con le donne. Per quanto Lucas potesse essere quello più *dolce* tra i due, io ero decisamente quello più protettivo. Ridicolmente protettivo. Se una donna stava con me, allora sapeva di avere la mia più completa dedizione.

Non come quel cazzo di mio padre.

«Scusa. Come ha detto Lucas, sono davvero uno stronzo.» Non ero certo che sarebbe bastato, ma che altro c'era da dire?

Loro si avvicinarono alla casa, Lucas che le teneva ancora un braccio sulle spalle. Lei sembrava a suo agio accanto a lui. Contenta. Oltre al fatto che lui volesse condividerla – *Hailey* – con me, ero felice per lui. Una cosa era che mi accennasse a lei durante una telefonata, un'altra era vederli insieme, vedere come fossero... *giusti*.

Lucas aveva passato un così brutto periodo per così tanto tempo che si meritava qualcosa di bello nella sua vita. Essere stato mandato in Afghanistan era stato un inferno, e per quanto ne fosse uscito vivo e con il corpo intatto, aveva dei demoni. La sindrome da stress post traumatico era terribile e lui era stato uno di quelli fortunati, avendo ottenuto assistenza e imparato come gestirla. Non era lo stesso ragazzo che era partito anni prima. Aveva subito dei danni, ma stava migliorando.

Diamine, stava aiutando gli altri. Sapeva cosa stessero passando gli altri veterani, di cosa avessero bisogno per andare avanti. Con tutti i suoi soldi – i Mills erano la famiglia più ricca di Cutthroat – avrebbe potuto cazzeggiare fino alla morte. Invece, aveva creato un'associazione no profit che portava i veterani nel Montana, organizzando escursioni nella natura incontaminata come terapia. La maggior parte partivano dal mio ranch e cavalcavano fino alle zone più remote usando i miei cavalli. Aveva avviato qualcosa di buono. Aveva lavorato duramente, si era fatto il culo per dare qualcosa.

Adesso, Lucas aveva Hailey.

Voleva condividerla con me. No, lei voleva condividersi con entrambi. E chiamalo *dare*.

«Te la sei passata brutta ultimamente,» disse lei, distogliendomi dai miei pensieri. «Capisco perchè tu possa essere diffidente nei confronti della gente che si presenta qui.»

Non mi dire. «È stato difficile,» concordai. «Specialmente per Lucas.»

Poteva anche non essere andato d'accordo con sua sorella, o con i suoi genitori, se è per quello, ma decisamente non si era augurato che Erin morisse. Lanciai un'occhiata al mio amico. Aveva un muscolo che gli si flettava nella mandibola, ma non disse nulla, si limitò a chinarsi e a dare un bacio ad Hailey sulla fronte.

«Non siamo venuti qui per starcene sulla tua veranda,» disse. «A meno che tu non voglia che ti pieghiamo a novanta su quella ringhiera, bambola.» Abbassò lo sguardo su Hailey e lei decisamente arrossì.

«Magari più tardi.»

Porca puttana. Lanciai un'occhiata alla ringhiera della mia veranda, immaginandomici Hailey appoggiata sopra, con i jeans e le mutandine calati lungo le cosce e le impronte delle mie mani sul culo dovute alle mie sculacciate mentre me la prendevo con forza. Già, mi piacevano le sculacciate.

Mi sistemai l'uccello così che non vi rimanesse il segno della zip, poi indietreggiai per permettere loro di entrare in casa per primi.

«Mi piace questo posto. Accogliente,» disse Hailey mentre si guardava attorno.

«Grazie,» risposi io chiudendo la porta. «Mio nonno ha avviato il ranch. Ha costruito la casa un anno dopo aver sposato mia nonna. I genitori di mia mamma,» chiarì, così che capisse che non si trattava di una proprietà dei Seaborn. «L'hanno passato a mia mamma e adesso è mio.»

Alcuni dei mobili erano stati dei miei nonni, come il tavolo da pranzo e le sedie, altri li aveva comprati mia mamma negli anni ottanta. Io non l'avevo ammodernato più di tanto da quando era morta a parte una nuova poltrona reclinabile che riusciva a tenere la mia stazza e una TV a schermo piatto. Non me ne fregava un cazzo delle tende o del colore delle pareti e la maggior parte degli arredi. Al giorno d'oggi, era abbastanza .

«Vuoi... um, qualcosa da bere?» chiesi, ma avrei voluto chiederle se le fosse interessato un po' di cazzo.

«Senti, Cy, mi dispiace se te l'abbiamo detto così, ma non volevo che mi dicessi di no al telefono,» disse Lucas.

Io lanciai un'occhiata ad Hailey, che si stava tirando giù la zip della giacca, chiaramente intenzionata a rimanere e a mettersi comoda. Il mio sguardo seguì quel movimento, ma saettò verso Lucas quando elaborai ciò che mi aveva detto.

«Hai pensato che avrei detto di no?» Nessun uomo ancora in vita avrebbe mai detto di no ad Hailey. «*Non* ho intenzione di dire di no.»

Hailey mi sorrise, lanciando la giacca sul divano. «Bene, perchè ho fantasticato su questa cosa per un sacco di tempo.»

«Vuoi due cazzi, dolcezza?» le chiesi io. Era stata audace sin dall'inizio. Non avevo intenzione di cambiare le cose adesso.

3

Lucas

Osservai Hailey attentamente. Diamine, la osservavo *sempre* attentamente. Semplicemente... la guardavo. Quando dormiva, quando non lo sapeva. Quando lo sapeva. Non riuscivo a farne a meno. Era così fottutamente bella. Intensa, energica. Follemente coraggiosa. Era come il guerriero più forte in battaglia, che si faceva largo tra i propri demoni, concentrandosi sul risultato finale. Determinata. Il fallimento per lei non era contemplato. Faceva roba che solo pochi avevano le palle di provare. Assolutamente impavida.

Io sapevo sciare. Ero in grado di scendere tra i diamanti neri e i fuoripista per ore, adoravo la neve fresca, la sensazione di sentirmi in cima al mondo. Ma non avevo mai voluto gareggiare lungo la discesa più ripida andando più veloce di una macchina in autostrada.

Cazzo no.

Forse era quell'intensità nei confronti della vita a cui ero attratto. A parte quel culo incredibile, su cui ci si sarebbe potuta far rimbalzare una moneta. Quella bocca sfacciata. L'atteggiamento da peperino.

I capelli setosi. Le labbra piene. La figa stretta e bagnata.

Erano passati solamente cinque minuti da quando l'avevo conosciuta prima che mi venisse duro. Sei ore dopo, ci eravamo spogliati. E una volta a letto... cazzo. Era stata un portento. Non avevo mai fatto sesso così prima di lei. Non avevo mai saputo che stare con qualcuno di tanto audace potesse essere selvaggio e intenso, come se fosse stata la prima volta. Avevamo fatto cose insieme che avevo solamente fantasticato. Ero io ad avere il controllo sotto le coperte, ma lei alzava sempre l'asticella.

Ed ecco perchè ci trovavamo lì in quel momento. A inserire Cy nella nostra relazione. Diamine, non era la parola giusta. La nostra non era una relazione, noi *eravamo* e basta. Eravamo Lucas e Hailey, come se non mi fossi riuscito a ricordare un periodo senza di lei. Lei era mia ed io ero suo, per quanto non avessimo mai detto nulla per renderlo ufficiale. Non eravamo usciti insieme, con me che la portavo al cinema e la tenevo per mano, la baciavo davanti alla porta di casa. Al diavolo quelle cose.

Certo, eravamo andati a vedere un film una volta, ma ad uno spettacolo mattutino dove non c'era stato nessuno, e lei mi aveva trascinato nell'ultima fila, si era messa in ginocchio davanti a me l'aveva succhiato meglio di una puttana da due soldi. Dopo che i miei neuroni si erano rimesi in funzione e l'avevo trascinata fuori da lì, me l'ero legata al letto e le avevo divorato la figa fino a quando non era venuta tre volte. Solo allora le avevo dato la scopata che mi aveva supplicato di concederle mentre si dimenava.

Eravamo insaziabili, non solo a letto, ma anche di

Piaceri tra le montagne

imparare tutto l'uno dell'altra. Ci eravamo conosciuti ad una corsa nel fango per beneficienza a Big Sky, l'enorme montagna sciistica vicino ad Idaho. Io ero stato uno degli organizzatori, con i soldi raccolti che sarebbero finiti in diverse organizzazioni benefiche, inclusa la mia. Hailey era stata presente come una dei concorrenti, la sua fama avrebbe aiutato ad attirare altri partecipanti.

Forse era stato il destino, o il fatto che avessi detto a quello che sarebbe dovuto essere il suo partner che avrei donato migliai di dollari alla causa se avessi potuto prendere il suo posto. I migliori soldi mai spesi perchè non solo ci eravamo sfidati in una corsa ad ostacoli fottutamente piena di fango, ma adesso lei era mia.

E ora si trovava tra me e Cy, pronta a fare un altro passo ancora.

Io e Cy avevamo già parlato di condividere una donna in passato. Come sarebbe stato eccitante rivendicarcene una assieme. Come sarebbe stato sicuro per lei sapere di avere due uomini a proteggerla. Io ero appena tornato dalla mia missione con l'esercito, percepivo la mia mortalità, sapevo di essere guasto. Se avessi voluto avere una ragazza, allora avrei dovuto assicurarmi che qualcuno si sarebbe preso cura di lei se mai mi fosse successo qualcosa. Io non bastavo. Cy l'aveva compreso ed era stato d'accordo. Avevo bisogno di sapere che Hailey sarebbe stata bene, sarebbe stata protetta e amata se mi fosse successo qualcosa. Avevo una cazzo di sindrome da stress post traumatico. Ero danneggiato sotto molti punti di vista. Non ero abbastanza per lei. Aveva bisogno di Cy che le desse tutto ciò che io non avrei potuto offrirle. Dopo essere andato in guerra e ciò che era successo a mia sorella, era fottutamente importante per me.

E Cy? Avevo la sensazione che il suo interesse in una relazione poligama avesse a che vedere col modo in cui suo padre aveva abbandonato sua mamma. Aveva assistito di persona a come una donna potesse essere distrutta da un marito di merda. Quando era stato bambino, lei aveva fatto due lavori per supportarli. Si erano dovuti trasferire abbandonando la città e andando a vivere sul ranch con i suoi nonni per riuscire a cavarsela. Probabilmente avere quella famiglia extra accanto era anche la cosa migliore. Tuttavia, riusciva a immaginarsi come una donna con due uomini non avrebbe mai dovuto lavorare fino a sfinirsi.

E, poichè ero uno stronzo con delle fantasie erotiche, non volevo tenermi una donna per me, il che funzionava alla perfezione. Non solo una donna qualunque, ma Hailey. Ero già stato a letto con altre donne in passato solo per un orgasmo. Entra, vieni, esci. Non avevano significato abbastanza da ricordarmi più che il loro nome di battesimo, e decisamente non abbastanza da condividerle.

L'unica donna prima di Hailey della quale mi era importato davvero era stata Kit Lancaster. Mi ero preso la sua verginità – e lei la mia, prima che mi arruolassi nell'esercito. Non mi ero nemmeno reso conto di averla voluta condividere all'epoca. Diamine, tutto ciò che non avevo visto l'ora di fare era stato bagnarmi finalmente l'uccello. Era stato un sacco di anni prima. In un'altra vita. Prima della sindrome da stress post traumatico. Avevo rivisto Kit al ristorante di Dolly appena dopo la morte di Erin. Aveva vissuto con mia sorella all'epoca e si era trovata in casa quando Erin era stata uccisa. Era rimasta invischiata in tutta quella faccenda proprio come Cy. Tuttavia, avevo sentito dire che stava con Nix Knight e Donovan Nash, adesso, e mi rendeva felice sapere che aveva due bravi ragazzi a guardarle le spalle.

Per quanto riguardava me, tutto era cambiato con Hailey. *Io* ero cambiato. Volevo metterla in mostra, lasciare che qualcun altro vedesse quanto fosse incredibile. Come si sciogliesse sotto le mie mani, che aspetto avesse quando mi saliva sul cazzo e si faceva una cavalcata selvaggia. Volevo vederla così, guardarla mentre si concedeva non solo a me, ma anche ad un altro uomo. Non un uomo *qualunque*, ma Cy.

Non avevo alcun interesse in lui se non come amico. Hailey mi teneva il cazzo duro e soddisfatto, i testicoli vuoti. Sapevo che lui ci sarebbe stato per lei. Le si sarebbe dedicato completamente, perchè voleva dimostrare a sè stesso e al mondo di non essere come suo padre. Sarebbe stato in grado di reggere i suoi fardelli, perchè quella donna ne aveva parecchi. Poteva anche non aver combattuto contro il fottuto nemico in un deserto lontano, ma a suo modo, si era ritrovata faccia a faccia con la morte. L'aveva ingannata ed era sopravvissuta.

Non la conoscevo l'inverno precedente quando era caduta in quella gara del campionato. Non seguivo le gare di sci, ma dopo esserci conosciuti, avevo visto i video online per capire che cosa le fosse successo. Porca miseria, era stato terribile. Era incredibile il fatto che non fosse rimasta paralizzata. O morta. Era comprensibile la sua riluttanza nel ritornare a quello sport, come stesse lottando per scendere a patti con la propria carriera, e fondamentalmente la propria vita. Gareggiava da quando era bambina. Lo sci ce l'aveva nel sangue. Era tutto ciò che conosceva. E adesso, poteva essere tutto finito. Ciò che le era successo mi avrebbe tormentato e, se fosse dipeso da me, non le avrei mai più permesso di salire su una seggiovia.

Ero fottutamente protettivo. Ero felice di proteggerla, di fornirle quella piccola bolla di cui aveva bisogno per capire cosa fare di se stessa.

Non solo quello, ma con ciò che era successo ad Erin, mi

ero reso conto che la vita era fottutamente breve. Accadevano cose brutte. Cose spaventose. Cose su cui non avevamo alcun controllo. Io ed Erin non eravamo stati affiatati. Mai. Lei aveva preso dai nostri genitori, si godeva tutti i soldi dei Mills: casa grande, belle auto, bei vestiti e bella vita. La sua piccola azienda di organizzazione eventi era stata un puro divertimento per aiutarla a riempire le sue giornate altrimenti noiose. Ci parlavamo a malapena e ci vedevamo solamente per le feste.

Tuttavia, ero assalito dai sensi di colpa per non esserci stato per lei, a proteggerla. Mi chiedevo, se fossimo stati più vicini, se avessi conosciuto la sua vita, forse avrei potuto salvarla. Adesso, non l'avrei mai saputo. Il fottuto assassino era ancora là fuori. Una volta trovato, l'avrei pestato a sangue. Solo allora avrebbe potuto marcire in una cella due metri per due per il resto della sua vita.

Tuttavia, non potevo concentrarmi su quello in quel momento. Non potevo pensare ad Erin, a come la sua vita fosse finita. O ai miei genitori e a come quella storia li avesse incasinati ancora di più. Dovevo fidarmi del fatto che Nix Knight e l'altra detective avrebbero trovato l'assassino.

Mi ero allontanato dalla mia famiglia anni prima, me n'ero andato in guerra, cazzo, per fuggire alle loro stronzate. Avevo ricevuto assistenza per mettere ordine in ogni parte incasinata del mio cervello. Adesso avevo qualcosa di buono. Mi ero creato una carriera aiutando altre persone che avevano difficoltà come me, come ne avevo ancora alle volte. Avevo Hailey. Ero felice. Più felice di quanto avessi mai pensato possibile. Non le avevo detto ciò che provavo, non se avesse avuto intenzione di tornare ad allenarsi. Stava avendo difficoltà a decidere che cosa fare, se gareggiare o ritirarsi, e non avevo intenzione di aggiungere alcun peso a quella decisione. Non avevo intenzione di trattenerla, a prescindere da ciò che provavamo.

Dal momento che poteva essere sul punto di andarsene da un momento all'altro per allenarsi, non avevo intenzione di perdere tempo a fare giochetti. E grazie al cielo, nemmeno lei.

Quando avevamo scoperto di essere entrambi interessati ad una cosa a tre – e non solamente per un paio d'ore di divertimento – non avevamo atteso. Diamine, non aspettavamo per nessun tipo di sesso, ed io l'avevo avvisata che a Cy piaceva avere il controllo in camera da letto ancora più intensamente che a me. Non mi si era più sgonfiato il cazzo dalla prima volta che l'avevo vista, a prescindere da quante volte fossi affondato in uno qualunque dei suoi buchi riempiendolo di seme.

Quel desiderio reciproco era il motivo per cui ci trovavamo nel soggiorno di Cy in quel momento.

Io la volevo. Avevo bisogno di lei. Speravo di sposarmela. Un anello e un pezzo di carta non avevano importanza. L'avevo perfino detto a Cy. Il solo fatto di stare con lei, però, non mi bastava. Perchè noi – io e Hailey – non eravamo abbastanza. Non potevo permettere che lo fossimo dal momento che la mia testa era tanto incasinata. Avevamo bisogno di Cy perchè il nostro per sempre felici e contenti comprendeva lui. Dovevamo vedere come avrebbe funzionato la cosa. A lungo termine? Si sperava, ma quella sera sarebbe stata un inizio.

«Due cazzi? Assolutamente,» disse Hailey, rispondendo alla domanda di Cy.

Il cazzo mi si gonfiò a quella parola. Il suo consenso nel permettere ad entrambi di averla.

Mi aveva detto di volerlo. Si era presentata al ranch di Cy da sola. L'aveva affrontato quando lui era stato irascibile da morire. Nulla di tutto questo avrebbe avuto importanza se avesse cambiato idea. Non avevo intenzione di costringerla. E nemmeno Cy.

Tuttavia, lei era d'accordo.

E avrebbe potuto perfino essere quella giusta per aiutare Cy con la sua depressione.

«Non mi conosci nemmeno,» controbatté lui.

«Vuoi portarmi prima a cena?»

Io incurvai le labbra di fronte alla sua domanda.

Lei si afferrò l'orlo della maglia a collo alto con le dita e se la sollevò sopra la testa, i capelli lunghi che le ricadevano sulla schiena nuda.

«Cazzo,» mormorò Cy, il suo sguardo fisso sul suo petto. «Avevi quello nascosto lì sotto?»

Io quasi mi mangiai la lingua alla vista della lingerie rossa. Cy poteva anche aver avuto un fucile, ma Hailey era venuta ben armata.

«Voglio due uomini. Ne abbiamo parlato,» mi guardò. «Adesso che sono qui, che samo *tutti* qui, ne ho bisogno.»

«Perchè?» chiese Cy, stringendo le mani a pungo. Io mi misi dietro di lei, vedevo la linea sicura della sua schiena, ma Cy vedeva quei seni perfetti. Non troppo grandi, erano alti e pieni, sormontati da piccoli capezzoli che si indurivano sotto la mia lingua. Riuscivo a vedere solamente le spalline rosse sexy del suo reggiseno, ma potevo solo immaginare che vista sensuale fosse da davanti.

«Perchè volete condividermi? Perchè tu e Lucas ne avete parlato? Lo stavate aspettando?»

«Stavamo aspettando te,» chiarii io, facendole scorrere una mano lungo il collo per prenderle i capelli. Lentamente, cominciai ad intrecciarglieli, proprio come Hailey aveva detto che succedeva in quel libro di Cinquanta Sfumature. Erano setosi e stupendi, ma mi piaceva quando non mi stavano tra i piedi. Mi piaceva anche afferrare quella coda quando me la prendevo.

Lei si tolse un elastico dal polso e me lo porse affinchè potessi legarlo in punta alla treccia. Già, piaceva anche a lei quando glieli afferravo. Una volta fatto, mi spostai sul fermaglio dietro al suo reggiseno, slacciandolo. Mi gustai la sensazione della sua pelle setosa mentre aiutavo le spalline a scivolarle giù dalle spalle e lungo le braccia.

Cy imprecò di nuovo, si voltò, passandosi una mano sulla barba.

«Dagli un minuto,» sussurrai io, poi la baciai dietro l'orecchio, mordicchiando il punto in cui spalla e collo si congiungevano.

Sorrisi quando lei trasse un brusco respiro, sapendo che era uno dei punti che la eccitavano.

Il suo profumo mi dava alla testa, avevo il sapore della sua pelle sulla lingua, il calore del suo corpo mentre mi si appoggiava contro... nulla di più sexy del suo arrendersi a me.

Forse era questo. Forse dovevamo convincere Cy. Avevamo avuto entrambi tempo di pensare a tutti quanti noi assieme. Cy aveva avuto cinque minuti.

Non avevo dubbi che avesse il cazzo abbastanza duro che avrebbe potuto baterci dei chiodi, ma volevamo che fosse presente anche nello spirito.

«Vieni qui, bambola,» dissi, prendendola per mano e tirandola fino al vecchio divano.

Mi ci lasciai cadere sopra, poi me la sistemai tra le mie gambe aperte. «Poggia le mani sullo schienale del divano,» le dissi mentre incrociavo i suoi occhi azzurri. Li guardai scurirsi di passione proprio di fronte a me, i suoi capezzoli duri come bacche da mordicchiare e da succhiare.

Ne divorai uno mentre lei gettava indietro la testa, la treccia che le ricadeva lungo il fianco destro.

«Lucas,» gemette.

Io sollevai una mano, le presi l'altro seno lasciato in disparte e vi giocai. Era così reattiva. Sarei riuscito ad eccitarla da morire solo giocando coi suoi capezzoli. Probabilmente sarei riuscito a farla venire, ma eravamo stati entrambi troppo impazienti per scoprirlo.

«Quanto sei bagnata?» mormorai mentre la baciavo fino all'altro capezzolo.

«Bagnatissima.»

«Fallo vedere a Cy,» esalai, un attimo prima di mordicchiarla leggermente e poi succhiare per alleviare il dolore.

Lei abbassò una mano per slacciarsi i jeans, ma con una sola, era difficile. La aiutai, calandole la zip e spingendole i pantaloni lungo i fianchi, lasciandoglieli a metà coscia.

Capii il momento in cui spinse in fuori il culo perchè mi ritrovai con la bocca bella piena della sua tetta.

Prendendole i seni tra le mani, piegai la testa di lato per guardare Cy. Se ne stava lì in piedi, a guardare. Una mano che gli sfregava l'uccello da sopra i pantaloni, lo sguardo fisso sul suo culo.

«È bagnata?» gli chiesi, strattonandole i capezzoli.

Lui grugnì, poi si avvicinò di un passo. «Quelle mutandine rosse sono zuppe.»

Hailey si lanciò un'occhiata alle spalle, la treccia che le scivolava giù sfiorandomi un braccio.

«Hai intenzione di scoparmi o te lo menerai come un ragazzino che si guarda il suo primo film porno?»

Lui si avvicinò, la sculacciò, poi le sfregò il palmo sulla zona arrossata. Lei rabbrividì e spalancò gli occhi, chiaramente sorpresa. Io non l'avevo mai fatto prima con lei, ma quella reazione...

«Interessante,» disse Cy, chiaramente notando la stessa cosa. «Quella sfacciataggine è normale? Perchè, nel caso, avrai l'impronta della mia mano sul culo piuttosto spesso.»

Finalmente. Grazie al cielo.

«Ancora,» disse lei, agitando i fianchi.

«Ti piace farti sculacciare, eh?» Lui scosse la testa, leccandosi le labbra. «Non sei tu a dare gli ordini, dolcezza. Se vuoi farti scopare, lo fai a modo mio... a modo *nostro*,» aggiunse, guardando me e rivolgendomi un leggero cenno el capo.

Era d'accordo.

«E agitare quel culo non ti farà guadagnare una sculacciata, ma potrebbe farti guadagnare una scopata lì dentro.»

Lei piagnucolò e il suo corpo si scaldò, quella sensazione bruciante che mi attraversava il palmo della mano mentre le stuzzicavo i capezzoli.

«Lo stavamo conservando per te,» gli dissi. Avevo giocato con quella piccola apertura stretta, ma non me l'ero mai scopata.

Lui ringhiò, si slacciò violentemente i pantaloni e li calò quel poco che bastava a tirarne fuori l'uccello. Duro, proprio come mi ero aspettato con Hailey, sexy da morire in mezzo a noi.

«Lo fai senza preservativo con Lucas?» le chiese, le sue dita che si stringevano attorno alla base del suo cazzo, sfregandolo come se gli fosse servito stringerselo forte così da non venire prima di averla anche solo toccata.

«Sì, prendo la pillola.»

La sensazione del suo calore bagnato che mi ricopriva il cazzo, senza nessuna barriera di lattice tra noi due, non era paragonabile a nulla. Non l'avevo mai fatto senza preservativo prima di lei. Mai. Fino a quel momento, e non si tornava indietro. Col cazzo che avrei evitato che il mio seme la marchiasse ogni volta che me la prendevo. Mi avrebbe avuto che le colavo fuori per tutto il giorno, un promemoria costante che le ricordasse a chi appartenesse.

Lui annuì, strattonando i sottilissimi laccetti ai suoi fianchi così che le sue mutandine le calassero lungo le cosce finendo insieme ai jeans.

«Non mi scopo nessuno da più di un anno. E questa figa, tutta gonfia e bagnata, impaziente di prendersi due cazzi, verrà presa. Con forza. Perchè è per questo che sei venuta qui, non è vero?»

Lei piagnucolò, lasciando cadere la testa tra le spalle nel sentirlo parlare sporco. Praticamente si fece morbida e arrendevole, come se gli si fosse arresa. Riuscivo a vedere lungo la sua schiena nuda e scorsi la mano di Cy tra le sue cosce.

Le aveva infilato almeno un dito nella figa e lei gridò, agitando i fianchi.

A giudicare dai rumori bagnati mentre se la lavorava, probabilmente più di uno.

«Mi sono fatto esaminare dall'ultima volta,» proseguì. «Sono pulito e non l'ho mai fatto senza preservativo fino ad ora. Mai. Se vuoi il mio cazzo, te lo prendi senza nulla, come fai con Lucas. D'accordo?»

Lei sollevò la testa per guardarmi. Cazzo, aveva il volto arrossato dal desiderio. gli occhi mezzi aperti e annebbiati. Le sue labbra erano bagnate, come se se le fosse leccate. Sexy.

Vogliosa, e tutto per via di Cy. Delle sue dita nella sua figa mentre io giocavo con le sue tette.

Tuttavia, stava a lei decidere. Avevamo parlato di scopare senza preservativo con Cy. Lei prendeva la pillola ed io sapevo quanto fosse morbida, quanto fosse calda, bagnata. Volevo che lui la riempisse col suo seme, non con del lattice. Volevo prendermela anch'io. Tornare nella sua figa ore dopo, sentirla ricoprirmi le dita, sapendo che ci eravamo stati entrambi, che ce l'eravamo presa entrambi. Che l'avevamo marchiata.

Aggiungere Cy all'equazione, però, significava che lei doveva essere d'accordo anche con quello. Il dito di Cy rallentò, ma non si fermò. Io le palpai i seni, la accarezzai delicatamente, le permisi di prendere la decisione giusta per lei. Avrebbe potuto usare un preservativo fino a quando lei non fosse stata pronta.

«Okay,» esalò Hailey.

Nemmeno dopo due secondi che lo ebbe detto, Cy le stava infilando il cazzo dentro. Io la guardai spalancare gli occhi, il respiro che le si mozzava. Io non ce l'avevo piccolo e, quando me la scopavo, ci andavo piano per permetterle di prendermi tutto dentro quella figa stretta. Non avevo mai ispezionato l'uccello di Cy prima di allora, ovviamente, ma a giudicare dall'espressione sul suo volto, ce l'aveva bello grosso.

Lui le portò le mani ai fianchi, la tenne ferma e cominciò lentamente a muoversi, dentro. Fuori. Con cautela. Solo quando la riempì del tutto si fermò.

«Sei venuta qui bagnata. Pronta. Hai ottenuto il cazzo che volevi, dolcezza?» le chiese, la voce roca, il respiro pesante come se avesse corso una maratona.

Non lo biasimavo. Sapevo come si sentiva. La sua figa era perfetta. Stretta. Calda. Scommetto che i suoi muscoli interni lo stavano spremendo, cercando di prendersela più a fondo, tentando senza pietà di estrarre il suo seme.

Lei annuì ed io mi sporsi in avanti, sfregando il naso contro il suo.

«Brava ragazza,» mormorai, poi la baciai.

Le nostre lingue si incontrarono, si intrecciarono, imitate probabilmente dal modo in cui Cy cominciò a muoversi dentro e fuori, scopandosela con meno cautela e più abbandono.

Quando lei cominciò a piagnucolarmi contro la bocca, io mi ritrassi e lasciai cadere le mani. Lei voleva due uomini e li avrebbe ottenuti. Mi slacciai i pantaloni, il cazzo di fuori.

«Fermati,» dissi.

Hailey aveva gli occhi socchiusi, annebbiati di desiderio. Si acciglò a quella parola, chiaramente confusa.

Lui lo fece, ma le rimase affondato dentro.

«Ci vuole entrambi, per cui ci avrà entrambi,» dissi.

Cy sogghignò. Sogghignò davvero. Non vedevo un sorriso sul suo volto da settimane. Non da quando...

No, non avremmo pensato a nulla di tutto quello, ora.

Lui si ritrasse, sculacciandole ancora le natiche. «Girati, dolcezza, e fammi vedere che razza di cowgirl sei.»

Lei mi guardò ed io annuii. Spingendosi via dallo schienale del divano, abbassò lo sguardo sul modo in cui mi stavo accarezzando l'uccello, poi si voltò e fronteggiò Cy. Aveva i pantaloni calati attorno alle cosce. Diamine, aveva ancora gli stivali addosso.

Ebbi una visuale incredibile del suo culo. Sodo, pieno e con le impronte di Cy di un rosso acceso. Mi scivolò del liquido preseminale tra le dita e me lo sfregai addosso col pollice.

Forse Cy mi lesse nel pensiero perchè si mise in ginocchio e la aiutò a togliersi tutto fino a quando non rimase nuda in mezzo a noi con i suoi abiti ammucchiati a terra.

«Cazzo, sei incredibile,» commentò lui, scrutandola per poi alzarsi.

Lo era. Ben muscolosa, tonificata dai suoi allenamenti e dalle sue gare. Alta, bellissima.

E tutta nostra. Ogni singolo sexy centimetro di lei.

4

Hailey

Ero nuda. Loro erano completamente vestiti, fatta eccezione per il fatto che avevano il cazzo di fuori. A menarselo. Mi voltai, spostai lo sguardo da Cy, che se ne stava in piedi di fronte a me, le gambe larghe, il cazzo che luccicava, bagnato dalla mia eccitazione, a Lucas, sistemato sul divano, rilassato, le ginocchia aperte.

Conoscevo il suo cazzo. Ne conoscevo ogni singolo centimetro duro. L'avevo avuto a fondo dentro di me, nella figa e nella bocca. Sapevo che era morbido come seta al tatto, ma duro al di sotto. Spesso e con una vena che gli correva di lato, era quasi visivamente brutale, un promemoria di quanto fosse virile.

Quanto mascolino. E adesso, se lo menava, il pugno stretto che ne strattonava la lunghezza, estraendone del liquido preseminale dalla fessura per farlo scivolare lungo la punta ampia.

Mi venne l'acquolina in bocca dalla voglia di leccare quella goccia perlata, di guardarlo soccombere al piacere che ero in grado di offrirgli.

Non volevo solamente il suo cazzo. Volevo anche quello di Cy. E che vista! Non immaginavo che ce l'avesse più grosso di quello di Lucas, ma era possibile. Se avessi detto che era dotato come una porno star, probabilmente non avrei esagerato. Dovetti chiedermi come facesse a tenerselo nei pantaloni. Come riusciva a camminare quando ce l'aveva duro?

Avevo adorato la sensazione che mi aveva dato quando aveva cercato di entrarmi dentro. Si era preso il suo tempo, scopandomici lentamente, e la mia figa si contrasse sentendosi vuota. A prescindere da quanto fossi bagnata, non era stato facile. Ma adoravo quel leggero bruciore, il modo in cui mi era arrivato fino in fondo perchè sapevo che mi era tutto dentro, che mi stava dando tutto.

Lucas si sporse in avanti, mi strinse una mano su un fianco e mi attirò all'indietro, poi mi aiutò a calarmi sulle sue cosce così che gli fossi a cavalcioni dandogli le spalle.

Allargò le gambe, il che fece allargare anche le mie, senza che i miei piedi toccassero più il pavimento. «Il tuo ginocchio sta bene?» mi mormorò.

Io annuii. Lo controllava sempre, assicurandosi che fossi comoda, che non me lo stesse facendo piegare in un modo esagerato. Avevo quasi riacquisito ogni movimento dopo l'intervento e mesi di fisioterapia, ma alle volte mi faceva ancora male. Si irrigidiva ancora.

Quando mi sollevò così che il suo cazzo trovasse la mia apertura, vi si insinuò dentro di un paio di centimetri. Perfino dopo che ci era già stato Cy per primo, dovette comunque andarci piano.

Piegandomi in avanti, io gli appoggiai le mani sulle cosce, cercando di tenermi in equilibrio.

«Ti tengo io,» mi mormorò lui, la voce quasi un ringhio. Aveva entrambe le mani sulla mia vita, adesso, che mi abbassava e mi alzava lentamente e con cautela, offrendomi un centimetro di se stesso alla volta fino a quando non gli fui finalmente seduta del tutto in grembo.

La sensazione dei suoi jeans contro le mie cosce nude mi ricordò delle differenze che c'erano tra di noi. Loro mi volevano nuda, completamente esposta, mentre loro si scoprivano solamente le parti importanti.

Mi agitai un po', contrassi i muscoli, abituandomi.

Lucas sibilò.

Cy non fece altro che guardare.

Lucas mi sollevò fino a tirarsi fuori quasi del tutto, poi mi calò giù, la forza di gravità che lo aiutava. I miei seni sobbalzarono.

«Oddio,» gemetti io. Era così bello, il modo in cui mi scivolava su certi punti dentro di me che mi eccitavano. No, mi eccitavano ancora di più. Mi avvicinavano all'orgasmo. Dandogli le spalle, però, il mio clitoride non sfregava contro a nulla ed io non sarei riuscita a venire a quel modo. Non senza un po' di aiuto.

Lucas si assicurava sempre che venissi, di solito più di una volta. Non si trattava di se, ma di quando.

«Ti prego,» lo implorai, agitando i fianchi, per poi allungare una mano tra le mie cosce aperte per toccarmi.

Cy si avvicinò e mi scostò la mano. «Abbiamo detto che potevi venire?»

Io rimasi ipnotizzata dalla vista del suo cazzo, che mi penzolava dritto davanti al viso. La pelle in quel punto era più scura del resto del suo corpo, un rosso più scuro, teso. La vena che scorreva lungo l'erezione era gonfia di sangue, lo teneva duro. Del liquido preseminale gli colava fuori e si univa alla mia eccitazione che lo ricopriva.

Lui non disse altro e Lucas non si mosse dentro di me, facendomi rendere conto del fatto che stavano aspettando una risposta.

Io sollevai il mento e lo sguardo, fino agli occhi scuri di Cy. Erano carichi di una passione intensa, ma il suo tono era intriso di rimprovero. Era affondato fino alle palle dentro di me, e adesso era in attesa, col cazzo in mano. Il suo autocontrollo era snervante.

Scossi la testa. «No. Ma ho bisogno di-»

«Sappiamo di cosa hai bisogno,» controbatté lui. «Te lo daremo, ma quando lo diciamo noi, non tu.»

Venni percorsa da un brivido di emozione di fronte al suo predominio. Al controllo che stava assumendo. Come aveva fatto a sapere che era una cosa di cui avevo bisogno? Non dovevo preoccuparmi del fatto che sarei venuta. Non dovevo preoccuparmi di nulla. Non del mio ginocchio, della mia carriera e nemmeno del tempo. Tutto ciò che dovevo fare era prendermi i loro cazzi e il piacere che quelle enormi bestie mi avrebbero concesso.

Per quanto Lucas fosse un amante che assumeva il controllo nella camera da letto, era stato indulgente. Perfino dolce. Non sembrava che Cy fosse intenzionato ad esserlo. Fui percorsa da un brivido e mi bagnai ancora di più. Non mi ero resa conto di quanto bramassi il suo potere.

«Volevi due cazzi, dolcezza. Puoi averli.» Cy spostò i fianchi, il suo uccello che mi sobbalzava dritto di fronte.

Io ne presi la punta in bocca, leccandolo come un gelato. Il gusto del liquido preseminale e della mia stessa eccitazione mi esplose sulla lingua.

«Porca puttana,» ringhiò lui, le sue mani che mi si posavano in testa, poi una mi afferrò la treccia facendomi piegare leggermente all'indietro il collo. «Ha la bocca calda quanto la figa.»

Io sollevai lo sguardo su di lui attraverso le ciglia, vidi la sua mascella serrata, i tendini in rilievo sul collo.

«Ti prenderai entrambi, non è vero?» mi chiese.

Io non potevo annuire, per cui lo presi più a fondo. Non sarei mai riuscita a prenderlo tutto – Lucas adorava quando glielo succhiavo, ma non sapevo prenderlo fino in gola come una porno star – per cui lo afferrai alla base e lo accarezzai con la mano andando a ritmo con la bocca.

Mi beccai una sculacciata sul culo. Non troppo forte, ma abbastanza da farmi bruciare. Lucas.

«Non so se dovrei incazzarmi nel vederti prenderti il cazzo di qualcun altro in bocca, bambola, o se verrò solo a guardarti che ci prendi entrambi.»

Non mi vergognavo della mia sessualità nè avevo paura di parlarne. Dire ad un uomo che non mi bastava, però, era un argomento delicato, perfino per un maschio alfa come Lucas. Lui, però, era stato d'accordo col fare una cosa a tre, e in maniera definitiva. Aveva detto perfino che avrebbe dovuto trattarsi di Cy. Tuttavia, riuscivo a comprendere ciò che pensava in quel momento. Aveva ammesso di non aver mai fatto una cosa del genere prima di allora. Nemmeno io. Immaginarlo era una cosa, ma farlo un'altra.

E adesso la donna che aveva detto di volersi sposare stava succhiando il cazzo di un altro. Tuttavia, lui mi era affondato nella figa nello stesso momento. Cominciò a muovermi, sollevandomi e abbassandomi, scopandomi come meglio credeva.

Tutti e due mi presero con forza. Non furono delicati, ma furono entrambi cauti, non volendo farmi del male o spingermi troppo oltre. Percepivo il loro autocontrollo e li apprezzai per questo. Questa volta, mi bastò perchè ero sopraffatta. Non ero abituata alle voci di due uomini, a sentire due paia di mani, i loro cazzi. Nonostante fosse tutto ciò che avevo mai fantasticato, non ci ero abituata.

Eppure fu così bello. Lucas sapeva esattamente dove sfregare e premere a fondo dentro di me. La sensazione del cazzo di Cy nella mia bocca, la sua mano che mi tirava la treccia mi faceva sentire così... sottomessa. Mi faceva perfino male il culo per via delle sue sculacciate. Dio, avrei potuto dimenticarmi di qualunque cosa, non pensare a nulla se non a loro e a ciò che mi facevano provare.

Solamente immaginarmi che aspetto avessi, nuda in mezzo a loro due, con due cazzi dentro i miei buchi. La sensazione di Lucas che mi scopava – non l'avevamo ancora mai fatto alla reverse cowgirl – e la sua capacità di guardarmi mentre lo succhiavo al suo amico mi eccitò ancora di più.

E Cy, così grande e spesso... dio. Lo sentii tendersi, sentii le sue dita stringersi tra i miei capelli. Il modo in cui il suo respirò mutò, i versi che emise... i versi che facevamo insieme... mi spinsero sempre più in alto.

Tuttavia, non riuscivo a venire. Piagnucolai, agitai i fianchi meglio che potei. Dal momento che Cy mi aveva detto che non potevo toccarmi, mi presi un seno, mi strattonai un capezzolo desiderando altri stimoli, avendo bisogno di qualcosa di più, di qualcosa che mi spingesse oltre il limite. Sollevai di nuovo lo sguardo su Cy attraverso le ciglia, implorandolo con gli occhi.

«Lucas, hai detto che stavate conservando quel culo per me,» disse lui. Per quanto stesse parlando con Lucas, mantenne gli occhi scuri su di me.

«Esatto.» Lucas non smise di scoparmi mentre parlavano.

«Potrai anche non essertelo scopato, ma ci avete giocato?»

Una delle mani di Lucas mi scivolò via dal fianco per posarsi sul mio fondoschiena, il suo pollice che si insinuava tra le mie natiche aperte. Il polpastrello catturò un po' della mia eccitazione e me la portò fino all'ano. L'aveva già fatto in passato, ma non in quella posizione, non quando riusciva a vedere tanto facilmente cosa stesse facendo, quando la stanza era illuminata a giorno. Quando Cy riusciva a vedere, dalla sua posizione in piedi, esattamente che cosa Lucas stesse facendo.

«Eccome. Lo adora,» disse Lucas.

«Fammi vedere.»

Quando lui premette verso l'interno, con cautela, ma senza fermarsi, il mio corpo rinunciò ad opporre qualunque resistenza e il suo pollice mi scivolò dentro.

Io gemetti attorno al cazzo di Cy e deglutii.

Lucas mi scopò lentamente in quel punto mentre mi scopava anche la figa, inserendo sempre di più il pollice fino a quando non mi fu dentro del tutto, il suo palmo che mi premeva piatto sul fondoschiena.

Il leggero bruciore, la tensione della pelle... quell'invasione. Fu decisamente intenso, tutti e tre i miei buchi riempiti nello stesso momento.

Ancora non riuscivo a venire. Agitai i fianchi, ma non servì a fornire alcuno stimolo al mio clitoride. Pulsava, era voglioso, e sapevo che se solo fossi riuscita a sfregarlo contro qualcosa, sarei venuta.

«Alla nostra ragazza serve che qualcuno giochi col suo clitoride per venire,» gli disse Lucas, come se fosse stato in grado di leggermi nel pensiero.

«Vuoi dire che continuerà così fino a quando non decideremo di darle sollievo?» chiese Cy, pompando lentamente i fianchi. «Vuoi venire?» I suoi occhi scuri penetravano i miei.

Per rispondere, io glielo succhiai più forte. Più a fondo fino a quando dovetti respirare dal naso, la punta larga che mi sfiorava la base della gola.

«Ci sei vicino?» chiese Cy a Lucas.

«Sono a un passo dal venire da quando la conosco,» rispose lui, le sue spinte che si facevano meno ritmiche e piuttosto selvagge, come se la sua mente avesse perso controllo sul bisogno naturale del suo corpo di sbattermi e di riempirmi del suo seme. La sua mano mi si strinse sul fianco.

«Falla venire. Non vedo l'ora di guardarla per poi venirle in gola. Ne ingoierai ogni singola goccia, vero, dolcezza? Altrimenti ti beccherai una bella sculacciata. Magari perfino un plug per essere stata una cattiva ragazza.»

Oh. Mio. Dio. Nessuno mi aveva mai parlato a quel modo prima d'ora.

Io non risposi perchè Lucas mi aggirò e mi fece scorrere le dita della mano libera sulla figa, sentì quanto mi stessi allargando attorno alla base del suo cazzo, poi le spostò più in alto sul mio clitoride. Quel tocco fu bagnato dal momento che l'avevo ricoperto della mia essenza, e delicato. Molto delicato.

Io ebbi uno scatto, ma con un cazzo nella figa e un pollice nel culo, non potevo spostarmi più di tanto.

Lui lo fece di nuovo e bastò. Venni, decisamente più forte di quanto non avessi mai fatto in tutta la mia vita. Il calore mi esplose nel corpo, la mia pelle si ricoprì all'istante di sudore. Non riuscivo a riprendere fiato, e non perchè avessi il cazzo di Cy a un passo dalla gola. Fu paradisiaco ed io mi strinsi su… tutto.

Vidi dei colori dietro le mie palpebre. Sentii i ragazzi

imprecare, li sentii scoparmi con più forza, sentii i loro ringhi e le grida che emisero quando vennero. Sentii il calore del seme di Lucas riempirmi la figa. Venne anche Cy, il suo cazzo che si gonfiava un attimo prima, fiotti spessi del suo seme che mi si riversavano lungo la gola. Io continuai a mandarlo giù per prendermelo tutto.

Lui mi lasciò andare la treccia e mi prese il mento, si ritrasse così da avere solamente la punta del suo cazzo ancora dentro la mia bocca. Il seme ne stava ancora schizzando fuori, ricoprendomi la lingua. Lui lo osservò. Dio, era una cosa sporca.

Solo quando ebbe finito si ritrasse.

«Non mandarlo ancora giù.» Il suo pollice mi accarezzò la guancia. «Fa' vedere a Lucas che brava ragazza che sei, che ti prendi il mio seme a quel modo.»

Io ero ancora seduta in braccio a Lucas con lui ben affondato nella figa e nel culo. Mi voltai e lo guardai da sopra la spalla, la bocca aperta così che potesse vedere il seme di Cy sulla mia lingua.

Sentii il suo cazzo pulsarmi dentro mentre guardava.

«Merda, potrei rifarlo di nuovo subito.» Sollevò il mento. «Manda giù, bambola.»

Io lo feci, poi mi leccai le labbra per assicurarmi di averlo preso tutto. Volevo soddisfare Cy. Volevo essere la sua brava ragazza.

«Ce l'ho ancora duro ed è stato il più bel pompino della mia vita,» disse Cy.

Io tornai a guardarlo, vidi che aveva il cazzo arrossato, ancora duro come non mai e luccicante per via della mia bocca.

Non avevano finito. Be', nemmeno io. Avevo ottenuto ciò per cui ero venuta e non volevo che finisse.

«Di più,» dissi, leccandomi di nuovo le labbra, il gusto di Cy in bocca. L'odore di sesso riempiva l'aria.

In un'unica mossa agile, Lucas mi prese in braccio, mi voltò così da farmi sdraiare per lungo sul divano con la testa sul bracciolo. Mi sollevò una gamba sullo schienale così da appoggiarci la caviglia in cima, poi mi prese l'altra così da poggiarmi il piede a terra. Ero bella aperta.

«Guarda quella figa,» commentò Cy. «Tutta gonfia e aperta. Il tuo seme le sta colando fuori, Lucas. È arrivato il momento di aggiungerci il mio.»

Lucas si alzò, si tolse di mezzo e non cercò nemmeno di risistemarsi i pantaloni.

Cy si sistemò in ginocchio tra le mie gambe aperte. Mi guardò negli occhi mentre si toglieva la maglia.

Il suo petto era ampio, i suoi addominali piatti come una tavola. Aveva una piccola spruzzata di peli scuri sul petto che si stringeva verso l'ombelico, per poi scendere in una linea che gli arrivava dritta alla base del cazzo duro.

Era bellissimo, così mascolino e, col cazzo che gli svettava dai pantaloni aperti, virile. Sentivo ancora il gusto di quella virilità sulla lingua, mi ricordavo che sensazione mi desse e la mia figa si contrasse vogliosa.

«Pronta per altro?» Le sue dita mi scivolarono sulle labbra sensibili, poi mi si insinuarono dentro. Lentamente, mi ci scopò, il suo pollice che mi sfregava sul clitoride. «Cazzo, sei piena di seme.»

Ero ancora sensibile ed eccitata e ruotai i fianchi sulle sue dita. Lui lo sapeva e sapeva esattamente come farmi venire.

Di nuovo.

«Ottieni due uomini e due cazzi. Verrai di nuovo e poi mi prederai.»

Io abbassai lo sguardo su di lui, sapendo quanto ce l'avesse effettivamente grande.

Lui sogghignò, sicuro di sè. Tenendosi con una mano sul bracciolo, mi si piazzò sopra, poi mi baciò. Fu così dolce e delicato, uno semplice sfioramento di labbra, in totale contraddizione con le sue parole e col modo in cui mi stava lavorando la figa. Sollevò la testa ed io lo guardai. Lo guardai davvero. Poteva anche essere un uomo scorbutico e arrabbiato che mi aveva opposto resistenza in veranda, ma era anche... dolce.

«Te lo infilerò dentro tutto, non preoccuparti. Lo adorerai.»

Io venni a quelle parole. Gli piaceva parlare sporco. Era spinto. Autoritario. Adoravo tutto.

Cy era un uomo di parola. Mi fece venire, poi mi diede il suo cazzo. Ogni singolo centimetro.

5

Hailey

Alla TV c'era una partita di football e noi ci trovavamo sul divano. Il divano a cui avrei sempre pensato come *il divano da scopata*. Dio, ciò che ci avevamo fatto prima che mi portassero nel letto di Cy...

Adesso, ero accoccolata contro il suo petto, la testa appoggiata alla sua spalla con i piedi in grembo a Lucas. Indossavo la camicia di flanella blu di Cy e nient'altro. Non avevo freddo, affatto. A parte il fuoco che Cy aeva acceso nel caminetto di pietra, avevo due uomini a tenermi al caldo.

Adoravo quella cosa, stare con loro. Tra di loro. Una piccola bolla sicura. Era solo temporanea, però, o almeno dovevo pensare che lo fosse. Non potevo permettere al mio cuore di arrendersi a quella sensazione, a prescindere da quanto in fretta le cose fossero andate bene con Cy. Da quanto avessi fantasticato su una relazione come quella.

Un impegno faceva male al cuore. Lo sapevo

dall'incidente. Un minuto prima stavo bene, scendendo lungo la pista e vivendo il mio sogno, quello dopo ero sdraiata a terra, distrutta, sul terreno ghiacciato. Mi ero dedicata alla mia carriera sin da quando avevo avuto quattro anni. Certo, non avevo pensato allo sciare come ad una carriera quando non avevo ancora nemmeno iniziato l'asilo, ma avevo visto mia mamma gareggiare, avevo voluto essere come lei. Adoravo il brivido che mi davano le gare, le vittorie. L'essere la più veloce. Lo sconfiggere un'intera montagna e soggiogarla a me. E adesso, era finita, o così mi sembrava.

Tuttavia, Lucas si era insinuato oltre le mie difese. Era stato istantaneo, incontrarlo all'evento di beneficienza di una corsa nel fango a Big Sky. Eravamo stati assegnati alla stessa squadra, trascorrendo due miglia a correre e a gattonare, a sporcarci assieme. Io adoravo vincere, ma ero stata felice di arrivare seconda se significava rasccorere più tempo con quell'eccitante eroe di guerra. Ed era finita che avevamo trascorso *un sacco* di altro tempo insieme dopo, assicurandoci che i nostri corpi fossero molto puliti per poi sporcarci in altri modi divertenti.

Inizialmente non eravamo stati inseparabili: Lucas se n'era andato a fare un'escursione nei territori isolati ed io me n'ero andata in Canada per un evento promozionale per uno dei miei sponsor a cui non ero riuscita a sottrarmi. Non ero stata in grado di andare al funerale di sua sorella per questo motivo – il che era risultato in una lite animata con Mark a cui non era importato se la sorella del mio fidanzato fosse stata assassinata – ma ero tornata a Cutthroat subito dopo. E ci ero rimasta. Avevo voluto esserci per Lucas, ma ero abbastanza furba da ricordarmi che probabilmente non sarebbe durata.

Lucas mi faceva sentire al sicuro. Protetta. Non ero

Hailey Taylor, la campionessa di sci. Ero solamente Hailey. Solamente... bambola. Era stata dura in passato capire a chi fossero interessati i ragazzi. Mi sfruttavano per una foto, ero una famosa sciatrice da scoparsi e dimenticare. Una voce da eliminare dalla loro lista, farsi la campionessa di sci. Nessuno era interessato a me personalmente, solamente a ciò che potevo fare per loro.

Lucas, però, lui non aveva idea di chi fossi. Era stata alchimia immediata, connessione immediata. Io ero felice con lui, e questo mi spaventava a morte. Ciò che mi faceva provare, io lo anelavo, ne avevo un bisogno praticamente disperato, come un fiore nel deserto che sboccia dopo la pioggia. Per quanto non l'avesse detto esplicitamente, avevo le sensazione che sarebbe stato entusiasta se avessi smesso di gareggiare, se avessi smesso di rischiare la pelle. Tuttavia, non mi dava la sua opinione, non mi aveva detto che cosa avrei dovuto fare, non mi diceva come mi sarei dovuta sentire, nè agire, nè mi aveva costretta a mantenere il mio ruolo di sciatrice professionista.

Si accontentava di stare con me. *Me.* Hailey Taylor. A parlare. A fare escursioni, a baciarci, a dormire, a scopare. Semplicemente... ad essere. Mi piaceva. No, lo *adoravo* e non volevo che finisse.

Provavo cose che non avrei dovuto provare. L'amore non avrebbe fatto altro che farmi crollare di nuovo. Ero sopravvissuta all'infortunio al ginocchio, ma un cuore spezzato? E adesso avevo raddoppiato i problemi.

Lo volevo anche con Cy. Volevo il suo predominio, la sua natura autoritaria. In qualche modo, mi tranquillizzava. Volevo sottomettermi a quel potere. Mi accoccolai nell'abbraccio di Cy, felice.

Contenta. *Pietrificata.*

«Diversivo,» disse Lucas alla TV, suggerendo all'arbitro come reagire all'ultima azione.

Cy mi accarezzò i capelli con una mano. Quel semplice gesto fu confortante. Se fosse stato interessato solamente ad una sveltina, non ci saremmo trovati seduti in quel modo. Non mi avrebbe stretta a sè, le sue mani che mi toccavano come se non riuscisse a trattenersi. Non era una cosa sessuale, ma io ero decisamente eccitata. Il solo abbassare lo sguardo e vedere la sua grossa mano che mi accarezzava il braccio – perfino attraverso il morbido tessuto della sua camicia – era sexy. E come con Lucas, mi sentivo... speciale.

«È una grossa cicatrice,» commentò Cy.

Io abbassai lo sguardo sul mio ginocchio sinistro fino alla linea dritta e rosa che vi scendeva nel mezzo.

«Mi sono rotta il legamento crociato anteriore in una gara lo scorso inverno.»

«Lucas ha accennato al fatto che fossi una sciatrice professionista.»

Lui sbuffò una risata, stringendomi un piede. «Non hai mai sentito parlare di lei?»

«A parte ciò che mi hai detto tu?» chiese Cy. «No.»

Per come ero seduta, non riuscivo a vedere Cy in volto, ma non potei non notare l'espressione sorpresa su quello di Lucas. Lui afferrò il proprio cellulare e vi digitò un paio di cose. «Ecco.» Lo porse a Cy.

La partita si interruppe per una pubblicità e Lucas allungò una mano verso la propria birra sul tavolino da caffè. Io seguiii la ricerca online di Cy sul mio conto, il suo dito che passava da articolo ad articolo, riproducendo un paio di video. L'ultimo – l'avevo visto un milione di volte – era quello del mio incidente al campionato in Norvegia e per fortuna l'audio era muto. Sapevo a memoria le parole del commentatore riguardo al mio incidente, non solo riuscivo a rivedere la caduta nella mia testa come quando era successa, ma anche da ogni angolazione ripresa dalle telecamere televisive.

«A che velocità andavi?» mi chiese lui, la voce più bassa di un'ottava.

«Centoquindici appena prima della curva.»

Sentii il suo petto vibrare e lui gettò il cellulare a Lucas quando il video arrivò alla parte in cui mi sollevavano, svenuta, su una barella.

Prima di rendermi conto di cosa stesse facendo, lui mi tirò su così che gli fossi seduta in braccio e mi sollevò il mento affinchè lo guardassi. Poi i suoi occhi si spalancarono terrorizzati. «Scusami, ti fa male al ginocchio così?»

Stava per spingermi via, ma io lo fermai posandogli una mano sul petto. «Sto bene. Non mi fa male adesso, nè molto in generale, è solo che non riesco ancora a muoverlo del tutto come una volta. Ci sono quasi, con la fisioterapia continua.»

Nel suo sguardo scuro non c'era più la rabbia di prima. Nemmeno la passione.

Si rilassò e sospirò. «Cazzo, donna. Tu sei pazza. Sei fortunata a non essere morta.»

«Non è stata la mia prima caduta,» risposi io. Cadevo da che avevo quattro anni. Era stata la peggiore delle mie cadute, però, e lui aveva ragione, avrei potuto morire. Il ginocchio era il danno peggiore che avessi sofferto. Una costola rotta, un sacco di lividi. Una leggera commozione cerebrale.

«Non fa che peggiorare la cosa,» borbottò lui. «Come fanno i tuoi genitori a sopportarlo?»

Io lo guardai, vidi il suo piccolo sorriso, sentii il modo in cui la sua mano mi accarezzava il ginocchio aggiustato.

Feci spallucce. «Mia mamma sciava alle Olimpiadi. Sa

cosa vuol dire, per quanto al giorno d'oggi andiamo molto più velocemente. Subiamo cadute più forti. Mio padre è piuttosto tranquillo dal momento che ha due donne nella sua vita che sono già abbastanza spericolate.»

«Penso che io e lui andremo piuttosto d'accordo,» commentò Cy.

Io pensai a lui con mio padre, che pescavano, un qualcosa di calmo e rilassato che mi fece sorridere. Già, sarebbero andati decisamente d'accordo.

Lucas si spostò, mi fece scivolare una mano lungo la schiena fino a prendermi una natica. «Vuole incontrare i tuoi genitori. È un buon segno.»

Lo era. Sembrava essere stata una cosa istantanea con Cy come lo era stata con Lucas. Aveva avuto ragione riguardo a noi tre. Riuscivo a sentirlo, e la cosa mi terrorizzava. Era tutto un divertimento. Nulla più. Non avrebbero mai conosciuto i miei genitori. quella... cosa non era così. Non poteva esserlo.

Il mio cellulare squillò di nuovo. «Merda,» sussurrai, sospirando. La piccola bolla era esplosa.

«Che c'è?»

Io arricciai le labbra. «È il mio allenatore, Mark. Ha una suoneria tutta sua.» Un passo di *We Are The Champions* dei Queen.

Lucas si sporse per prendermelo sul tavolino da caffè.

Io sollevai una mano per fermarlo. «Non farlo. So che cosa vuole.»

Cy riportò il mio volto verso il suo con un dito sotto al mio mento.

«Non sembri felice di parlare di lui. Ha fatto qualcosa? Devo pestarlo per te? Ucciderlo? Ho un sacco di terreni in cui nascondere un cadavere.»

Io sorrisi, ma percepii un brivido di piacere alle sue

parole. Il fatto che avrebbe fatto una cosa del genere per me, anche solo per scherzo, mi faceva stare bene. «Semplicemente non vede l'ora che mi alleni prima che cominci la stagione. L'inverno sta arrivando e vuole che sia pronta per la prima gara.»

«Tu non vuoi andarci?»

Io scrollai leggermente le spalle, abbassai lo sguardo sulla sua camicia, su come fosse chiusa con un solo bottone. Feci girare un dito sui peli scuri del suo petto che vi facevano capolino. «Sono felice qui. A non pensarci.»

Sollevai lo sguardo su Cy, che mi stava osservando attentamente. Tutto ciò che dicevo era vero. Il ranch era una via d'uscita. Non dovevo prendere decisioni, semplicemente scopare.

Lui incurvò un angolo della bocca verso l'alto. «Vuoi nasconderti qui?»

A quel punto io sorrisi. «Come fai tu?»

Lucas rise. «Ti ha sgamato, eh, stronzo.»

Cy sogghignò, ma mi prese una natica e me la strinse leggermente, ricordandomi di come mi avesse sculacciata poco prima per via della mia sfacciataggine. «Non hai alcun lavoro, alcuna responsabilità in questo momento?»

Io scossi la testa, mordendomi un labbro. Avrei dovuto allenarmi duramente. Correre, sollevare pesi per rimettermi in forma per la stagione imminente. Però non volevo e ignorare Mark ne era la prova. Dovevo andare a fare fisioterapia, però. Non avrei saltato quella, e la possibilità di riprendermi del tutto solo per evitare di tornare al lavoro. Era Ottobre. C'era tempo. O quello era ciò che mi dicevo.

«Solamente mantenere sessualmente soddisfatti due uomini,» risposi.

Il suo cazzo si gonfiò mentre mi premeva contro un fianco.

«Mi piace l'idea.»

Lucas sospirò. «Dobbiamo andare. Sto dando una mano ai miei genitori a svuotare la casa di Erin. Hailey ha detto che sarebbe venuta.»

«A parte essere la tua schiava sessuale, Hailey ti fa pure da tampone con i tuoi?» domandò Cy.

Lucas mi guardò e incrociò il mio sguardo. «Eccome. È ricca e famosa. La adorano.»

Ero entrambe le cose, guadagnavo abbastanza soldi tra i premi e gli sponsor da vivere una vita agiata. Lussuosa, se volevo. Ed ero famosa, se non altro tra le cerchie del Monte Cutthroat, e ciò includeva il signore e la signora Mills. Li avevo incontrati un paio di volte nelle ultime settimane e loro mi avevano inondata di complimenti come dei fan impazziti. Non ero sicura di piacergli perchè fossi famosa o perchè una persona famosa stava con loro figlio. Ad ogni modo, non mi importava. Dopo ciò che mi aveva raccontato Lucas sul loro conto, non sentivo il bisogno di renderli felici.

Cy si alzò, prendendomi in braccio e tenendomi stretta al suo petto mentre lo faceva. Io trasalii e mi appesi al suo collo. «Cy!»

«I tuoi genitori smorzano ogni eccitazione. È qui per scopare, per cui scopiamo. Lucas, puoi averla. Più tardi. Porterò io Hailey a casa di Erin e potremo aiutarvi entrambi con il trasloco.» Cominciò a camminare verso camera sua. «Prima, però, voglio un altro assaggio del suo miele. Lascerai entrare il mio grosso cazzo, non è vero, dolcezza? O vuoi prima una sculacciata?»

6

Lucas

Quando mia madre aveva chiamato per chiedere aiuto nel mettere via le cose di Erin dal momento che avevano intenzione di mettere in vendita casa sua, io avevo stupidamente pensato che ne avessero avuto effettivamente bisogno. Avevo detto di sì per Erin, perchè non pensavo che sarebbe stato facile frugare tra le sue cose.

Quando accostai a casa di Erin, però, c'era un enorme camion dei traslochi parcheggiato nel vialetto. Due uomini stavano trasportando un divano di pelle sulla rampa di metallo che portava all'interno. Un altro uscì dalla porta d'ingresso con una grossa scatola.

Salutai, ma rimasi in disparte per non disturbarli, entrando alla ricerca dei miei genitori. Erano in cucina, con dei bicchieri da cocktail in mano. Riuscii a intuire dal tipo di bicchiere che mia madre stava bevendo alcol, la sua valigetta di liquori da viaggio aperta sul bancone di granito accanto al frigo indicava che si era preparata il suo solito Manhattan. Mio padre aveva del whiskey, liscio. Erano solamente le tre, ma per loro erano sempre le cinque da qualche parte.

«Tesoro,» pigolò mia madre, venendo a posarmi una mano sul petto e a darmi un buffetto sulla guancia. Io guardai mio padre da sopra la sua spalla, che mi rivolse un cenno del capo. Non era mai stato un tipo affettuoso.

Lei indietreggiò e bevve un sorso del suo drink. Già, il tenero momento madre-figlio era finito.

Mi voltai, guardando in salotto dove i traslocatori stavano arrotolando il tappeto. Il tappeto su cui Erin era stata uccisa. Immaginai che fosse stato professionalmente pulito dopo che la squadra della omicidi aveva terminato il proprio lavoro.

«Pensavo aveste bisogno del mio aiuto,» dissi.

Era una perdita di tempo. Perchè mai mi fossi immaginato mia madre con indosso dei jeans e una vecchia maglietta a riempire scatole di cartone con gli occhi pieni di lacrime al pensiero di qualcosa di sentimentale non lo sapevo proprio. Keith ed Ellen Mills non si sporcavano le mani. Non quando qualcun altro avrebbe potuto farlo al posto loro.

«Oh, ne abbiamo bisogno,» disse lei. «Ci serve che tu porti l'auto di Erin alla depandance. Lasceremo che chiunque faccia visita la usi.»

Io abbassai lo sguardo sul pavimento di legno, posandomi le mani sui fianchi. Non gliene fregava un cazzo della macchina di Erin. Quel SUV costoso era irrilevante per loro, se lo avessero dato in beneficienza avrebbero potuto aiutare delle persone. Diamine, l'avrei potuto usare io stesso, trasportando i veterani da e verso l'aeroporto. Quell'idea, però, non li aveva mai nemmeno sfiorati.

«Che cosa vuoi, mamma?» chiesi quando riuscii finalmente a tornare a guardarla.

Il suo sopracciglio perfettamente scolpito si inarcò. Per avere sessant'anni, era bella. Troppo bella. Per quanto non l'avesse ammesso apertamente, avevo la sensazione che una delle sue gite a Palm Springs comprendesse un salto da un chirurgo plastico. I suoi capelli non avevano nemmeno una traccia di grigio. Il suo trucco era leggero, ma perfetto. Il suo profumo, quello che indossava da sempre, era costoso e stucchevole. Non indossava abiti adatti a spostare mobili e a ripulire il frigo. Indossava gli abiti adatti ad una maratona di shopping a New York.

Dal momento che pensava di essere migliore di chiunque altro, doveva anche vestirsi in maniera tale.

«Voglio? Devo volere qualcosa per vedere mio figlio? Il mio unico... figlio rimasto?»

Non dubitavo che piangesse la scomparsa di Erin. Poteva anche essere spietata, ma era una madre. Ed Erin era stata la sua bambina. La figlia perfetta. Portava avanti il nome dei Mills. Eppure, non aveva versato una lacrima, sfruttava semplicemente la morte di Erin per farmi sentire in colpa per qualcosa.

«Mi hai chiesto di venire qui per aiutarvi col trasloco. Non ne avete bisogno. Allora perchè sono qui?»

Papà fece il giro dell'isola e si mise in piedi accanto alla Mamma. Uno accanto all'altro, erano un'unità, un muro fortificato che mi trovava sempre in difetto.

«Figlio, te ne vai per dei giorni interi. Nessuno sa dove ti trovi, che cosa fai. Come quando Erin... be', non ti trovavamo da nessuna parte. Ci preoccupiamo.»

Si preoccupavano? Solamente del fatto che avrei fatto qualcosa che avrebbe macchiato il nome dei Mills.

«Faccio delle escursioni in natura. Non c'è campo. Ti

ricordi l'impresa che gestisco; il fatto che aiuto altri veterani? Quando Erin è stata uccisa, io ero andato in avanscoperta di una nuova location, stavo progettando un itinerario speciale per le persone senza una gamba, che avrebbero potuto non essere in grado di arrampicarsi su una dannata montagna.»

Ero tornato dopo tre giorni nelle zone isolate per ritrovarmi con un cellulare pieno di messaggi in segreteria e una sorella morta. Ero stato interrogato da Nix Knight e la mia versione dei fatti era stata verificata. L'idea che avessero anche solo preso in considerazione il fatto che avessi potuto uccidere mia sorella mi faceva incazzare, ma avevano fatto il loro lavoro.

Papà agitò una mano, infilandosela nelle tasche dei pantaloni stirati color cachi. La Mamma indossava un abito azzurro, Papà anche, ma di una tonalità più scura che le si abbinava.

«Non lo sapevamo! Dopo quello che è successo, non sappiamo cosa potresti fare. Non è sicuro per te.»

«Cos'è successo?» ribattei io. Trassi un respiro profondo e lo lasciai andare, contando fino a dieci.

Loro rimasero in attesa. Mi scrutarono pensando che avrei perso la testa. Avrei voluto farlo. Oh, cazzo se avrei voluto farlo. Però non avrebbe fatto che dar loro ragione.

«Cos'è *successo* è che sono andato in guerra. Sapete, per combattere i terroristi. I cattivi. Quella che è ancora in corso in Afghanistan?»

Papà mi rivolse un sorriso di sufficienza. «Quando sei tornato a casa, però, hai avuto un esaurimento.»

Chiusi gli occhi per un istante. «Sindrome da stress post traumatico. Ho avuto un attacco.» Più di uno, ma *ciò che era successo* era quello a cui avevano assistito. Il mio perdere la testa. La violenza. La rabbia. «Sono andato in terapia. Mi sono fatto aiutare. Ancora adesso lo faccio, a dire il vero. E ora aiuto gli altri.»

Quando ero tornato, la depressione mi aveva assalito. Scattavo quando c'era un rumore forte. Non dormivo. Prendevo in considerazione il suicidio. Era stata dura. Lo era ancora alle volte, specialmente nel bel mezzo della notte. Cy c'era stato per me. Era stato lui il primo a portarmi in campeggio, a cavallo nelle zone più remote e a lasciarmi vivere e basta. Aveva fatto la differenza per me, e adesso io e lui insieme stavamo facendo la differenza per altri.

«Hai perso la retta via molto prima di quel... attacco,» aggiunse lui.

La mamma annuì. «Esatto. Ti sei messo con Kit Lancaster.» Tirò su col naso.

«Cristo, Mamma,» borbottai. Incredibile, cazzo.

«Ha dato problemi sin dall'inizio.»

«Attento! Quello vale più del vostro stipendio,» esclamò Papà indicando uno dei traslocatori. Io mi voltai, guardando oltre la mia spalla come stessero faticando a muovere un dipinto che era stato appeso sopra al camino. Doveva trattarsi di una prateria del Montana, ma sembrava più un progetto di pittura fatto con le dita all'asilo, per me.

«Sì, avete già accennato a quanto non vi piaccia Kit. Non stava cercando di rubare i miei soldi, ricordate?»

«Ne sei sicuro? Ha sfruttato il proprio corpo come un'arma.»

Già, era vero. Mia mamma, però, stava insinuando che fosse una prostituta o qualcosa del genere e che avesse cercato di ottenere ciò che voleva col sesso. Kit era vergine, cazzo. Diamine, anche io lo ero. Per un paio di settimane, in quel periodo, lei aveva *sfruttato* il proprio corpo per attirarmi. Io avevo avuto diciannove anni, ero appena entrato in una figa per la prima volta e non avevo voluto tirarmene fuori.

«E quando mi ha lasciato, mi sono allontanato da lei il più possibile. Vi ricordate, la guerra?»

Avevamo avuto una bella storia, ma era finita. Io avevo avuto bisogno di allontanarmi, da più che solamente da Kit. Dai miei genitori e dalla loro pressione costante di essere qualcosa che non ero. Da Cutthroat.

La Mamma strinse le labbra. «Non avresti dovuto arruolarti. Avresti dovuto metter su famiglia con qualcun altro.»

Io la studiai attentamente. «Cosa mi stai dicendo?»

«Nulla,» rispose lei.

«Nulla,» ripetei io. «Non avrei dovuto arruolarmi quando ci siamo lasciati? Avevi dei progetti per me?»

Lei guardò Papà. «Che prendessi il tuo posto nell'azienda di famiglia.»

«E Kit mi tratteneva come?»

«Pensa ai nipoti! Sua madre è pazza.»

Sapevo tutta la storia della madre di Kit e del suo disturbo da accumulatrice, la sua agorafobia. Non me ne fregava un cazzo. Kit era dolce. Gentile. Era stata fantastica. All'epoca, avevo pensato di amarla, e magari, in una maniera da adolescente, era stato così. Ma dei nipoti? Kit non aveva mai fatto sesso prima. Dubitavo fortemente che avesse pensato a fare dei figli. Allora, come magari nemmeno adesso.

«Che cosa hai fatto?» chiesi, a voce bassa.

«Nulla,» ripetè ancora una volta lei.

Io girai i tacchi ed entrai nel salotto. Tutti i mobili erano spariti, c'erano solamente un paio di scatoloni ammassati in un angolo e una lampada accanto alle finestre. Era tutto ciò che restava della vita di Erin. Aveva comprato quella casa coi soldi del suo fondo fiduciario, ricevendo consiglio dai nostri genitori sul quartiere giusto, sull'arredamento giusto.

Non sarebbero mai cambiati. L'avevo accettato molto tempo fa. Diamine, me n'ero andato in guerra, cazzo, per allontanarmi da loro. Avevo ventisette anni e loro mi parlavano ancora di una fidanzata di quasi un decennio prima. Una fidanzata che stavo cominciando a sospettare non mi avesse mai lasciato, che i miei genitori fossero stati in qualche modo coinvolti.

Loro odiavano Kit. Odiavano il fatto che fossi andato in guerra. Odiavano le mie scelte di lavoro. Il fatto che non avessi toccato il mio fondo fiduciario o che non seguissi lo stile di vita che ci si aspettava dai Mills. Tutto ciò che facevo. Era tutto sbagliato.

«Cosa farete delle cose di Erin?» chiesi, invece di mandarli al diavolo. Invece che con le parole, gliel'avevo detto con tutto ciò che avevo fatto da quando avevo compiuto vent'anni.

«La depandance. I mobili laggiù devono essere ammodernati.»

La depandance era di quattrocentocinquanta metri quadri e aveva un cinema e una piscina interna. Dubitavo che avesse bisogno di essere ammodernata. Il fatto che stessero svuotando la casa della loro figlia senza nemmeno versare una lacrima, facendo finire tutta la sua roba in una casa per ospiti... dimostrava una freddezza che mi faceva venire voglia di Hailey. Del legame stretto che condividevamo. Della sensazione di appartenerci.

Perchè se erano tanto insensibili nei confronti di una figlia che avevano amato, allora potevo solamente immaginare come sarebbero stati se fosse successo qualcosa a me. Tipo un mercatino privato in giardino.

Andai verso un sacco della spazzatura pieno e vi sbirciai

dentro. Infilandoci una mano, ne estrassi il portagioie a forma di teschio che avevo regalato ad Erin all'età di dieci anni.

«Quello va nella spazzatura,» esclamò la Mamma. «È una stupidaggine.»

Io fissai il portagioie. Non valeva nulla, era solamente un pezzo di plastica che portava i segni del tempo, ma l'avevo ottenuto tramite una scatola di cereali quando il film dei *Pirati dei Caraibi* era appena uscito al cinema. Erin l'aveva visto e l'aveva desiderato così tanto, di essere l'unica ragazza a possedere un teschio spaventoso in cui tenere i suoi orecchini. Io glielo avevo preso, avevo spedito le etichette dei cereali e i soldi, poi avevo aspettato per settimane che arrivasse. Le avevo fatto una sorpresa ed era stata la cosa migliore – forse l'unica – che ci avesse mai legati.

Il fatto che l'avesse conservato per tutto quel tempo mi strinse il cuore, mi fece rendere conto che c'era stata ancora una parte di lei legata a me. Non l'aveva dimostrato, non si era minimamente sforzata di mantenere una relazione fraterna, ma quello stupido portagioie a forma di teschio? La diceva lunga.

Col cazzo che sarebbe finito nella spazzatura.

«Permesso!»

Sollevai lo sguardo nel sentire la voce di Hailey provenire dalla porta aperta. Tutta la rabbia e la frustrazione svanirono nel vederla. Indossava un paio di pantaloni mimetici con delle scarpe da ginnastica e la sua giacca grigia. Aveva i capelli raccolti in uno chignon disordinato. Sembrava pronta ad aiutarci con il trasloco.

Già, la amavo. Cazzo se la amavo. Il mio cazzo fu d'accordo, rizzandosi al solo suono della sua voce. Mi ricordavo di cosa avessimo fatto prima. Cristo, era stato eccitante. E guardare Cy portarsela in camera sua, sentire le sue grida di piacere mentre mi ero fatto la doccia e mi ero preparato ad andarmene, sapere che veniva scopata per bene... Mi sistemai l'uccello nei pantaloni mettendolo in una posizione più comoda.

Dovevo dirglielo. Dovevo pronunciare quelle parole. Se l'avessi delusa, però? Non ne avevo dubbi. Grazie al cielo c'era anche Cy con lei. Ora e, speravo, per sempre.

I miei genitori uscirono dalla cucina, i bicchieri abbandonati sul bancone, per salutarla. Le offrirono baci e abbracci come se fosse stata di famiglia.

Lei era la mia famiglia. E di Cy, che se ne stava alle sue spalle e stava stringendo la mano di mio padre.

Cy era fin troppo abituato alle dinamiche dei miei genitori e mi sorprendeva il fatto che loro si comportassero in maniera civile con lui, figuriamoci permettergli di entrare in casa di Erin. Che cazzo stava succedendo?

Se ce l'avevano a morte con Kit Lancaster per il semplice fatto che fosse stata se stessa, alora mi sarei aspettato che avrebbero sparato a Cy a vista per ciò che aveva fatto suo padre. Erano i primi a pensare che il sangue non mentisse e il signor Seaborn aveva falsamente ammesso di aver ucciso Erin, la loro amata figlia. Eppure no, lui gli piaceva ancora comunque.

Al diavolo. Non avevo più intenzione di provare a capirli.

Hailey venne da me, si sollevò in punta di piedi e mi diede un bacio. «Ciao,» sussurrò. «Perchè i tuoi genitori sono gentili con Cy? Non dovrebbero odiarlo per via di suo padre?»

Io guardai il punto in cui Cy e mio padre stavano parlando, la mamma che usciva per urlare contro i traslocatori.

Scossi la testa. «Stavo pensando la stessa maledetta cosa. Giuro che non li capirò mai.»

«Io gli piaccio,» replicò lei. Il suo tono era tutto meno che compiaciuto, stava semplicemente constatando un fatto. Annuii. «Già.»

«Possono dire ai loro amici a golf che loro figlio esce con una famosa sciatrice.»

Annuii, poi le diedi un bacio sulla fronte. «Quello possono dirlo. A me sta bene. Io dico alla gente in coda alla cassa del supermercato che mi scopo una famosa sciatrice.»

Lei roteò gli occhi e mi diede un pugno sul braccio. Io non potei fare a meno di ridere. «Che c'è? È vero.»

«Lucas,» mi chiamò mio padre. Ci voltammo verso di lui. «Cy ci sta dicendo che anche lui sta con Hailey.»

«Cosa?» mia madre praticamente strillò mentre varcava la soglia e lo sentiva.

Io guardai Hailey, che non sembrava minimamente turbata. Grazie al cielo. Non avevo pianificato di tenere la nostra relazione segreta, ma non mi ero aspettato che Cy lo dicesse ai miei genitori. Erano degli stronzi e lei non aveva bisogno che nessuna di quella stronzaggine venisse diretta contro di lei.

«Esatto. È mia e di Cy,» dissi loro.

«In realtà, signore e signora Mills,» disse Hailey, posandomi una mano sul braccio e stringendomelo leggermente, «Lucas e Cy sono miei. Li voglio entrambi.»

Avevo detto la stessa dannata cosa, ma detta da Hailey, loro ci credettero, perchè la Mamma chiuse subito la porta d'ingresso, impedendo ai traslocatori di finire il loro lavoro.

«Non potete fare sul serio,» sibilò, gl occhi che saettavano tra me e Cy. «*Entrambi*? Cosa dirà la gente?»

«Che sono fortunata ad avere due selvaggi uomini di montagna tutti per me?» suggerì Hailey.

«Che razza di uomo sei? Di certo non un Mills,» sbottò Papà. Aveva il volto chiazzato, una vena che gli pulsava sulla tempia. «Prima ti metti con quella zoccola, Kit, poi vai in guerra. Cioè, davvero. Lascia che siano gli altri a salvare il mondo. Dovevi solamente trovarti una brava donna e rilevare l'azienda di famiglia. Ma aver bisogno di Cy perchè non sei abbastanza per una donna da solo? Un Mills dovrebbe essere meglio di tutti gli altri, non valere la metà.»

Io mi raggelai, respirando a malapena. Sapevo cosa pensavano i miei genitori di me, ma il veleno che stavano sputando in quel momento era letale e mi avrebbe distrutto, proprio come avrebbero voluto. Se i miei genitori la pensavano così, allora era un bene che Hailey avesse anche Cy. Sapevo che avevano ragione perchè era ciò che mi ero detto io stesso fin dall'inizio. Ero a pezzi, e non avrei potuto dare tutto ad Hailey da solo.

«In realtà, signor Mills, si fidi di me, Lucas è *tutto* uomo,» disse Hailey, col mento alzato e un tono sfacciato. «Posso assicurarle che il suo cazzo fa magie. Posso anche essere una famosa sciatrice, ma sono avida e mi piace avere due uomini che sanno il fatto loro.»

Cy trattenne una risata dando un colpo di tosse.

Hailey sollevò lo sguardo su di me. «Non sembra che abbiano alcun bisogno di aiuto a traslocare. Vuoi che ce ne andiamo?»

Io guardai quei bellissimi occhi azzurri. Vi scorsi rabbia e risate, passione e sfacciataggine e mi chiesi quanto avesse ancora il culo arrossato, se Cy l'avesse sculacciata ancora dopo che me n'ero andato. I miei genitori non la turbavano. Minimamente. Volevo venire? Diamine, sì. A fondo nella sua figa, e il mio cazzo era d'accordo.

7

«Pensavo non volessi stare in città,» borbottò Lucas mentre si avvicinava. Nessuno di noi aveva voluto lasciare un veicolo a casa di Erin dove avremmo potuto incrontrare di nuovo i suoi genitori, per cui avevamo guidato entrambi, incontrandoci in centro di fronte al bar.

Era di pessimo umore ed io non lo biasimavo. Era abituato ai suoi genitori che lo trattavano male, ma suo padre che gli diceva di non essere abbastanza uomo per il fatto di condividere una donna? Cazzo, odiavo quello stronzo.

«Non volevo,» risposi aprendo la porta, la musica proveniente dal jukebox che ci investiva assieme all'aria calda. «Ma dopo quello schifo coi tuoi, ci serve una birra e ho fame. Sono stufo della mia cucina.»

Hailey entrò per prima ed io le adocchiai il culo. Cazzo, aveva ancora la mia impronta? Mi ricordai la sensazione della sua figa mentre mi spremeva l'uccello, poi la sensazione della sua bocca calda mentre me lo succhiava. Cazzo, mi stava venendo duro. «Immagino che con Hailey famosa com'è, tutti saranno concentrati su di lei, non sul figlio di Dennis Seaborn,» aggiunsi.

Era una completa bugia, ma decisi di provarci. Lucas aveva bisogno di avere attorno delle persone che lo facessero stare meglio. Gente normale che gli ricordasse che erano i suoi genitori ad essere un fottuto disastro, non tutti gli altri. Già, ero un vero ipocrita, dal momento che il mio stesso padre era il più grande dei perdenti.

Lucas aveva bisogno di musica. Birra. Cibo da bar.

Per quanto riguardava me, dubitavo che ci fossero dei reporter in agguato. Erano passate un paio di settimane da quando mio padre aveva giocato quel brutto tiro e non c'erano state novità sul caso. Dubitavo che ci fossero dei reporter al di fuori di quelli locali ancora in paese.

Nonotante ciò, mi piaceva avere Lucas e Hailey a farmi da scudo in caso in cui si fosse avvicinato effettivamente qualcuno. Dal momento che Lucas aveva perso sua sorella, dubitavo che avrebbero fatto gli stronzi infastidendo la famiglia in lutto. Avevano certi standard... o almeno così speravo.

La Forca serviva stabilmente la cena e si affollava più tardi durante la serata, specialmente nei weekend. Alle quattro del pomeriggio, però, la hostess ci condusse subito ad un tavolo con due divanetti. Io mi sedetti di fronte a Lucas e Hailey.

Quella giornata era stata pazzesca. Mi ero svegliato da solo, come al solito. Scazzato, come al solito. Poi quell'ammaliatrice dai capelli biondi era comparsa dicendomi di volere che me la scopassi. Ed io l'avevo fatto, non una, ma due volte, con la mia impronta rossa sul suo bellissimo culo nel mentre. Il mio cazzo avrebbe dovuto essere soddisfatto, le mie palle vuote, ma diavolo se non mi era appena venuto duro solo a guardarla dall'altro lato del tavolo. Ce l'eravamo presa senza preservativo. C'era il nostro seme dentro di lei. Cazzo, probabilmente le stava colando fuori, macchiandole tutte le mutandine bagnate.

Merda. Mi agitai sul posto.

«È Eddie Nickel quello?» chiese Hailey, lanciando un'occhiata dall'altra parte della stanza ad un grosso gruppo di persone che si trovava accanto ai bersagli di freccette e i tavoli da biliardo. A giudicare dal numero di bicchieri vuoti e piatti sparsi attorno a loro, si trovavano lì da un po'.

Lucas poggiò gli avambracci sul tavolo e si sporse in avanti, guardando in quella direzione. «Già, sta concludendo le riprese di un film. Probabilmente la sua troupe si sta prendendo una pausa.»

«Non sapevo che fosse in città,» replicai io.

Eddie Nickel era una famosa stella del cinema che viveva a Cutthroat, se non altro quando non era a Los Angeles, il che non era poi tanto spesso. Aveva due figli, Poppy e Shane, che non si davano alla recitazione nè allo stile di vita da ricchi attori famosi che circondava il padre. Eravamo cresciuti con entrambi, che erano stati praticamente tirati su da una balia. Shane aveva la nostra età e ci eravamo frequentati al liceo.

«Questo perchè sei diventato un cazzo di eremita,» controbatté Lucas.

La cameriera arrivò prima che potessi dire qualcosa. Ordinammo delle ali di pollo e una brocca di birra.

«È più basso di quanto pensassi,» disse lei, guardando ancora nella sua direzione. Vedere il famoso Eddie Nickel non era poi tanto emozionante per me, era solamente qualcuno che si infilava i pantaloni una gamba alla volta come tutti quanti. L'avevo già conosciuto in passato. Era totalmente pieno di sè e con un padre praticamente assente. E dal momento che anche io ne avevo avuto uno, per me era un punto a suo sfavore. E bello grosso.

Tuttavia, portare le riprese di un film a Cutthroat aiutava l'economia, per cui non l'avrei odiato... più di tanto.

«Le donne gli saltano addosso, o se non altro è ciò che dicono i giornali,» commentò Lucas.

Hailey si voltò e lo guardò con un sopracciglio alzato. «Tu leggi i giornali?»

Lucas arrossì, poi sogghignò timidamente. «Devo pur fare qualcosa mentre sto in coda.»

Una brocca piena e tre bicchieri satinati vennero posati sul tavolo ed io ringraziai la cameriera. Versai la birra, spingendo il primo bicchiere verso Lucas. «Ti sei meritato la prima birra.»

Lui mi guardò, poi mi rivolse il dito medio. Sollevò il proprio bicchiere e, quando anche io ed Hailey prendemmo i nostri, propose un brindisi. «Ai genitori amorevoli.»

Non mancai affatto di notare il suo sarcasmo. Ero fottutamente felice di avere lui come amico. Non sarei mai riuscito a trovarmi – o quantomeno a tenermi – una donna come Hailey da solo. Chi avrebbe mai desiderato il figlio di Dennis Seaborn?

Guardai Hailey. Fece saettare fuori la lingua e si leccò il labbro superiore. «Che c'è?»

«Sai dei genitori di Lucas. Hai sentito di mio padre.»

Eppure mi aveva permesso comunque di sculacciarla.

Lei annuì. «Me l'ha raccontato Lucas e, be', ho visto il telegiornale.»

Chi non l'aveva visto? Il fatto che fosse stato un completo coglione e avesse confessato un crimine che non aveva commesso, uno efferato come l'aver ucciso la sorella di Lucas, sarebbe dovuto bastare a farla fuggire via da me, non a farla comparire intenzionalmente al ranch. Era venuta per me. Me.

«Fottutamente folle,» dissi, confermando ciò che sapevamo tutti. «Non sappiamo ancora perchè l'abbia fatto. Per quanto ne so io, non ha mai nemmeno conosciuto Erin.»

«Perchè non vai a chiederglielo?» Lei piegò la testa di lato, attendendo pazientemente la mia risposta. Dentro di me, io ero furioso. Non vedevo quel bastardo dalla notte in cui aveva abbandonato me e la mamma. Non un biglietto di auguri nè una comparsa il giorno del diploma. Nulla. Non avevo nemmeno visto la sua faccia fino a quando non era comparsa sui giornali. Per due giorni, avevo pensato che fosse stato lui. Così come chiunque a Cutthroat, inclusa la polizia. Era già stato abbastanza brutto così. Poi, però, Lucas mi aveva chiamato per dirmi che cosa avesse fatto – confessare falsamente di aver ucciso Erin. Per qualche ragione, era stato ancora peggio.

«E i tuoi?» chiesi, cambiando palesemente argomento. Non sarebbe durata, ma indugiare sul caro vecchio paparino non mi avrebbe aiutato a riaverla nel mio letto.

Lei bevve un sorso di birra, posando il boccale sul sottobicchiere. «I mie genitori? Non sono degli stronzi.»

Io piegai la testa e incurvai un angolo della bocca verso l'alto. «Uno su tre tra noi non è poi così male.»

«Voglio sapere perchè i genitori di Lucas non ti odiano. Cioè, per via di tuo padre e tutto,» commentò Hailey.

Io guardai Lucas, che fece spallucce. «Non ne ho la minima idea. Immaginavo che mi avrebbero rincorso coi forconi o qualcosa del genere dopo ciò che ha fatto mio padre, invece niente.»

Non aveva senso. Gli ero sempre piaciuto, se non altro non mi avevano palesemente detestato come facevano con

Kit Lancaster. Era stato chiaro sin dal liceo, quando era stata amica di Erin, prima ancora che lei e Lucas fossero usciti insieme. Tuttavia, con ciò che aveva fatto mio padre, mi ero aspettato di venire sventrato una volta che mi fossi presentato con Hailey.

E invece no. Il signor Mills mi aveva dato una pacca sulla schiena invece di tirarmi un pugno in faccia.

«Io ho rinunciato a cercare di capirli,» aggiunse Lucas.

Anche io.

«Tocca a te, dolcezza. Dicevi che i tuoi genitori non sono degli stronzi.»

«Giusto. Io ho seguito le orme di mia madre,» aggiunse lei. «Come ho detto prima, sciava a livello agonistico. Papà ha imparato a mantenere la calma con lo yoga o il Tai Chi. Deve starsene con due donne scavezzacollo in famiglia.»

Io sollevai il bicchiere, immaginandomi un uomo probabilmente con dei capelli bianchi e un'ulcera. «A tuo padre.»

Lei mi rivolse un piccolo sorriso. «Vivono a Jackson. È lì che sono cresciuta.»

Conoscevo quella città appena oltre il confine del Montana nel Wyoming. Un bel posto. Sciate epiche.

Il suo cellulare squillò, la stessa suoneria di prima. Il suo allenatore. Lei abbassò lo sguardo scrutandolo come se avrebbe potuto morderla.

«Dolcezza, parla con quel tizio,» le ordinai.

Lei si accigliò, poi sospirò. «D'accordo. Ciao, Mark,» disse quando rispose.

Per quanto la musica non fosse troppo alta per non farle sentire la chiamata, noi non riuscivamo a sentire che cosa le stesse dicendo lui. Guardare Hailey in volto bastava a farci capire che non era tutto rosa e fiori, comunque.

«Sono stata impegnata. Sì, so che dovrei allenarmi.»

Roteò gli occhi. «Sì, la fisioterapia va bene. Centodieci gradi. No, non mi hanno messa in panchina.»

Giocherellò con la propria birra, bevendone un sorso.

Io guardai Lucas, sporgendomi verso di lui. «Che succede?» mormorai, indicando Hailey con un cenno del capo.

«Sta arrivando la neve. Il suo allenatore non vede l'ora di ricominciare ad allenarla. L'ho conosciuto alla corsa nel fango. È un tipo tosto.»

«Questo l'ho capito, ma perchè lei non ne è entusiasta?»

«I pre-stagione, domani?» disse lei. «Non so. Senti, Mark, non sono sicura di essere-»

Abbassò lo sguardo sul tavolo, ascoltando. «D'accordo. Mi serve una settimana. Sì, una settimana.»

Fece scorrere il dito sullo schermo, poi posò il cellulare sul tavolo.

«Va tutto bene?» le chiesi.

«Vuole che partecipi alle gare di pre-stagione al centro di addestramento domani.» Rise. «Come se lo volessi fare.»

«Non vuoi allenarti? Tornare in gara?» Dai video che avevo visto di lei, era incredibile. Sì, aveva avuto un incidente terribile, ma non l'avrebbe fermata. Aveva paura? Aveva perso il coraggio?

Lei fece spallucce, afferrò un sottobicchiere pulito e cominciò a giocherellarci. «Sono felice qui con te e Lucas. Mi piace come mi tenete occupata.»

Anche a me piaceva. Le presi la mano e lanciai il sottobicchiere sul tavolo. «Dolcezza, ti ho scopata ben forte e probabilmente ti fa ancora male il culo per via della mia mano, ma ci siamo conosciuti solamente stamattina.»

Lei si irrigidì e cercò di tirare via la mano. Il modo in cui era arrossita mi diceva che era altrettanto imbarazzata quanto arrabbiata.

«Aspetta, non ti allontanare,» aggiunsi, assicurandosi che non pensasse che si trattasse di una cosa di una volta. Cazzo, no. Lucas mi rivolse uno sguardo omicida. Io sospirai, consapevole di doverla smettere di essere tanto diretto. «Io ti voglio qui. Con noi. Con me. È stato eccitante da morire. Divertente. Non dubitarne per un solo istante. Ma se devi andare alle gare di pre-stagione, ovunque siano, dovresti andare. Noi saremo qui ad aspettarti.» Le feci l'occhiolino. «Coi cazzi duri e pronti ad un altro round.»

Quell'affermazione le strappò un sorriso.

«Cy sta facendo lo stronzo, come al solito,» disse Lucas, sporgendosi e dandole un bacio sulla testa.

Non stavo facendo lo stronzo, stavo facendo quello responsabile. Ero più che d'accordo con l'idea di scoparmela ventiquattr'ore su ventiquattro fino a farle perdere i sensi, ma avevo la sensazione che avrebbe avuto bisogno di una qualche sfida nella vita, a parte me che la spingevo oltre il limite in camera da letto.

Se aveva vinto dei campionati, la sua determinazione a vincere non era come quella delle persone comuni. Non avrebbe potuto avere altrettanto successo senza una sfida, un obiettivo da raggiungere, che fosse una gara o un'intera stagione. Non le avrei permesso di battere la fiacca quando era chiaro che gareggiare fosse tutta la sua vita. Non avevo nemmeno intenzione di metterle i bastoni tra le ruote.

E poi, non ero il migliore dei partiti. Si sarebbe divertita con noi, avrebbe eliminato la voce della relazione a tre dalla lista delle sue cose da fare prima di morire e poi avrebbe voltato pagina. Io mi sarei limitato a godermela – a godermi lei – fino a quando fosse durata.

«Io ho in programma di portare un gruppo di veterani in gita,» disse Lucas, poi guardò Hailey. «Solo per questa notte. A prescindere da quanto voglia starmene a letto con te...

diamine, resterei a letto con te ventiquattr'ore su ventiquattro, ma c'è gente che conta su di me. Mentre io sarò via, magari Cy potrà dire qualcosa che non ti faccia incazzare.»

«Ho in mente un paio di modi per tenerla occupata,» risposi io. In ginocchio. A quattro zampe. Sdraiata sul tavolo della mia cucina.

Lei si agitò sul divanetto ed io non potei fare a meno di sogghignare.

«Finora mi è piaciuta la tua inventiva. Ho detto a Mark una settimana, dopodiché verrà lui qui così che potremo andare ad allenarci insieme.» Mi lanciò un'occhiata e sollevò una spalla in un vago gesto. «Conta su di me,» disse. «Ma questo perchè, se mi ritiro, non ha più uno stipendio. Non voglio sciare per *lui*, io voglio sciare per *me stessa*.»

Ritirarsi a... quanti, ventisei anni? Ventisette? Non c'era da meravigliarsi che si trovasse in difficoltà. Quando la maggior parte delle persone si sarebbe appena stabilizzata con una nuova carriera, la sua poteva potenzialmente essere terminata.

La cameriera ci portò un'enorme ciotola piena di ali piccanti, tre piatti e una pila di tovaglioli. Io non ero ricco come Lucas. Non ero nato nel lusso, minimamente. Mia madre aveva fatto due cazzo di lavori per dare cibo e abiti a tutti quanti dopo che mio padre se l'era data a gambe. I miei nonni erano morti per primi, poi la Mamma quando avevo avuto diciotto anni e mi era rimasto il ranch. Non ero pieno di soldi, ma possedevo un gran bel terreno. Ogni singolo acro era mio. Possedevo la casa, dei validi diritti sull'acqua e un terreno che si estendeva fino alla Foresta Nazionale. Avevo ricevuto offerte che valevano milioni, ma le avevo rifiutate tutte. L'avrei sempre fatto. Per quanto il ranch richiedesse un sacco di lavoro, aiutavo anche Lucas con la sua associazione no profit. Davo una mano con alcune escursioni, specialmente quelle in cui si usavano i miei cavalli.

Per quanto riguardava Hailey, dovevo immaginare che avesse dei soldi. I campioni di sci avevano dei grossi sponsor e loro avevano le tasche gonfie. Diamine, avrebbe potuto perfino avere la sua faccia su una scatola di cereali.

«Allora fallo. Scia per te stessa, che è il motivo per cui pensavo che lo facessi. Se così non fosse, fanculo il tuo allenatore. Com'è già che si chiama?»

«Mark Bastion.»

«I problemi di Mark non sono i tuoi problemi. È un uomo adulto, cazzo. Va' a sciare giù per una fottuta montagna se è quello che vuoi.»

Lei a quel punto sogghignò. «Sciare giù per una fottuta montagna?»

«Sai cosa intendo,» risposi io.

«Okay, be', non c'è ancora neve là fuori. Ho una settimana per incontrarmi con Mark e tornare agli allenamenti pre stagione,» proseguì lei, prendendo una carota e tuffandolo nella salsa al gorgonzola. «Fino ad allora, voglio stare con voi e non pensare.»

Io sogghignai, prendendo un'ala di pollo. Non pensare? Avrei potuto farle dimenticare come cazzo si chiamava. «Si può fare. Mentre Lucas sarà a fare la sua gita, io e te potremo conoscerci meglio. Dentro e fuori dal letto. E ti prometto, dolcezza, che ti farò dimenticare tutto a parte il mio cazzo.»

8

Hailey

Trascorremmo la notte a casa di Lucas, principalmente perchè era la più vicina al bar. Nessuno di noi era un gran bevitore, ma erano arrivati un paio di loro amici – per fortuna, nessuno aveva accennato minimamente al padre di Cy o a Erin – ed eravamo rimasti lì fino a tardi. Una volta superata la porta d'ingresso di Lucas, mi erano saltati addosso entrambi, come se non avessimo fatto sesso prima al ranch.

Due volte.

Cy si era svegliato presto per tornare a occuparsi del ranch. Per quanto avesse detto di avere due persone a dargli una mano con il bestiame e un paio di persone a gestire i cavalli nella sua stalla, aveva comunque del lavoro da svolgere. Gli animali avevano bisogno di cure a prescindere da quanto uno fosse spossato dal sesso.

Io e Lucas non avevamo dormito molto di più, in

particolare perchè lui stava per partire per la sua escursione di una notte e voleva concedermi un ultimo orgasmo prima di andarsene. Una sveltina mattutina.

Un bel modo per svegliarsi era con la sua testa tra le mie cosce, quell'accenno di barba che mi sfregava contro la pelle sensibile.

Ovviamente, io avevo ricambiato prima di vestirmi e di portarlo all'ufficio della sua associazione no profit, un deposito ai margini della città, per recuperare il van dell'azienda e rifornirlo dell'attrezzatura necessaria per la sua gita.

L'avevo aiutato per un po', mettendo in ordine sacchi a pelo, assicurandomi che le borracce fossero piene d'acqua. Prima che chiunque degli uomini previsti per l'escursione arrivasse, lui mi aveva baciata un'ultima volta per poi mandarmi via con una pacca sul sedere.

E adesso io ero diretta verso Cy e il suo ranch, con un sorriso in volto e la figa che pulsava.

Una cosa su cui non avevo riflettuto quando avevo accettato di divertirmi con una relazione a tre era quanto il mio corpo si sarebbe indolenzito in modi e posti che non mi ero mai immaginata. I muscoli mi dolevano e la figa era un tantino sensibile per via dei loro cazzi enormi. Cy non era delicato, e a me stava più che bene. Era follemente autoritario. No, era dominante. Dubitavo che fosse mai stato in un sex club o gli piacesse il sadomasochismo nè nulla del genere, ma decisamente voleva che io mi sottomettessi. Mi aveva concesso ogni opportunità di dire di no, ma non c'era stato un solo momento, neanche per un istante, in cui io l'avrei mai fatto.

Volevo essere dominata. Volevo che mi dicesse che cosa fare. Volevo che mi sculacciasse per essere stata sfrontata. Volevo le sue parole sporche, le sue azioni spinte.

Volevo sottomettermi. Concedergli il controllo su di me. Il mio incidente me l'aveva sottratto ed io ero persa. Fuori controllo. L'adrenalina che provavo nel vincere una gara, nel precipitarmi giù per la montagna a velocità ridicole era come un orgasmo. *Come* un orgasmo. Assolutamente esilarante. Quell'intensità, la mente concentrata. Tutto scompariva a parte la discesa, io e i miei sci.

Ma poi ero caduta. E quella smania di controllo era svanita.

E concederlo a Cy ovviamente non voleva dire *mantenere* il controllo. Io glielo *concedevo*. Tuttavia, era stata una mia scelta. Avevo voluto che lui assumesse il controllo, che mi guidasse, che mi dicesse cosa fare perchè io non lo sapevo più. E a parte gli orgasmi... dio, erano stati incredibili, lui e Lucas mi avevano di nuovo completata.

Folle? Decisamente. Non lo comprendevo del tutto io stessa, ma bramavo altro da Cy. Non si trattava di una gara in discesa, ma avrebbe potuto essere perfino meglio. Era stupido continuare con quella storia? Decisamente. Mi sarei solamente fatta del male, se non altro al cuore. Il fatto che non vedessi l'ora di arrivare da lui era un brutto segno. Si stava trasformando in qualcosa di più che semplice *divertimento*.

Alla radio passarono una canzone che mi piaceva ed io alzai il volume, cantando. Mi trovavo nel bel mezzo del nulla su una strada a due corsie, i prati di un giallo dorato per via del freddo. Una spruzzata di neve ricopriva tutto, a ricordarmi che il mio tempo stava scadendo.

Non potevo ignorare l'inverno. Non potevo più ignorare l'avvicinarsi della stagione delle gare. Mark aveva avuto ragione. Era il momento di tornare in pista.

Ma allora perchè non avevo lo stesso entusiasmo di una volta? La trepidazione? Perchè l'idea di fare i bagagli e riempire il passaporto di timbri stranieri mi rendeva... depressa?

Adoravo Cutthroat. Era come qualunque altra cittadina sciistica del Montana o sulle Rocky Mountains. Ero stata in tutto il mondo, ero stata in luoghi proprio come quello. Eppure mi attirava.

Misi la freccia – nonostante non ci fosse nessuno – e svoltai sulla strada di campagna. No, non era Cutthroat ad attirarmi. Era Lucas. E adesso anche Cy. Solamente il giorno prima avevo imboccato quello stesso vialetto senza aver mai incontrato il migliore amico di Lucas. E adesso lo conoscevo in maniera intima.

Non c'era solamente dell'alchimia, ma un legame. Stavo andando al ranch per quello o per il cazzo decisamente grosso e l'uomo che sapeva come usarlo?

La radio si zittì ed io la fissai, confusa. Poi gli indicatori sul mio quadro strumenti scesero a zero. Nessun rilevamento di velocità, nessuna temperatura dell'olio. Li fissai, confusa, poi l'auto si spense. Non sobbalzò, si limitò a spegnersi ed io andai avanti per inerzia, rallentando rapidamente non avendo più potenza.

Lanciai un'occhiata nello specchietto retrovisore per istinto, poi accostai il vecchio SUV a bordo strada dove lentamente si fermò da solo.

«Fantastico,» mormorai. La Land Cruiser era appartenuta a mia mamma quando aveva gareggiato. Mi ci aveva portata a tutte le mie gare da bambina e, quando si era comprata un'auto nuova, l'avevo rivendicata io invece di fargliela restituire al concessionario.

Adoravo quel SUV – per quanto fosse stata costruita ben prima che il termine Sport Utility Vehicle venisse coniato, diamine, prima ancora che io nascessi – ma erano in momenti come quello che desideravo qualcosa di nuovo.

Afferrando la mia borsa dal sedile del passeggero, tirai fuori il cellulare per chiamare Cy. Mi interruppi, rendendomi conto di non avergli mai chiesto il numero di telefono. Non avevo modo di contattarlo. Lucas ormai era con il suo gruppo di veterani, anche se non erano ancora partiti per la loro escursione. Non potevo chiamare lui.

Per fortuna, c'era campo e cercai un rimorchiatore a Cutthroat... *l'unico* del paese. Me ne restai seduta a giocare ad un videogioco mentre aspettavo per mezz'ora che il carro attrezzi arrivasse.

«Sembra che ti si sia guastato l'alternatore,» disse il tipo, lasciando ricadere il cofano al suo posto e pulendosi la mano su uno straccio che si tirò fuori dalla tasca dei jeans dopo aver controllato cosa potesse esserci che non andava.

Io ero appoggiata alla portiera lato guida, per tenermi fuori dai piedi.

«Non sono esattamente sicura di cosa significhi,» risposi.

«Un alternatore aiuta a caricare la batteria.»

«Quindi la macchina non va perchè non arriva alcuna corrente alla batteria se l'alternatore è rotto.»

Lui sogghignò e annuì. «Hai capito.»

L'uomo si era presentato come Mac. Se non avessi avuto una bella cotta per Lucas e Cy, lui mi avrebbe dato del bel filo da torcere.

Avrebbe dovuto trovarsi in sella ad una Harley, non alla guida di un carro attrezzi. Io ero avvolta in uno spesso maglione per ripararmi dal freddo mentre lui indossava una maglietta nera a maniche corte con la tuta della sua impresa sopra. Un bell'accenno di barba non gli nascondeva la mascella squadrata nè le labbra piene. E quello sguardo... penetrante, come se fosse stato in grado di scrutarmi fin nell'anima. Già, era tanto figo. E oltretutto, aveva il braccio destro ricoperto di tatuaggi. Una manica intera.

Decisamente un cattivo ragazzo, tranne che per il fatto che sembrava essere dannatamente gentile.

«Io sono Hailey, comunque. Hailey Taylor.»

Lui mi strinse la mano e mi scrutò. «La ragazza di Lucas Mills?»

Avrei dovuto sentirmi offesa dall'essere stata chiamata ragazza, ma l'aveva detto come facevano Lucas e Cy, in una maniera possessiva. Immaginai che stessimo insieme, non era che nessuno di noi si vedesse con nessun altro. Io avevo classificato il nostro... stare insieme come *divertimento*. Mi stavo prendendo in giro da sola perchè era mooooolto di più, ma ammetterlo a voce alta sarebbe stato pericoloso. Persino pensarlo mi mandava un tantino in paranoia. Ad ogni modo, lo rendeva reale.

Io e Lucas non stavamo tenendo nascosta la nostra storia, ma non avevamo nemmeno appeso in giro dei manifesti nè nulla del genere.

«Sono io.»

«È un bravo ragazzo.» Mise via lo straccio. «Carichiamo l'auto e ti riporto in città. Non vorrà che tu te ne stia in giro così.» Mi superò per salire sul carro attrezzi e fare retromarcia così da posizionarlo proprio di fronte alla mia Land Cruiser.

«In realtà, Lucas è in escursione.»

I suoi occhi scuri incrociarono i miei. «Dov'eri diretta, allora? Non c'è molto qua fuori.»

«Il ranch Flying Z.»

«La casa di Cy Seaborn?»

Annuii. Ero più che d'accordo con lo stare con Cy e Lucas, ma dopo la reazione dei genitori di Lucas al fatto che stessimo insieme, ero un tantino titubante a diffondere la notizia.

«Vuoi chiamarlo?»

Io abbassai lo sguardo sulla strada, tirando un calcio ad un ciottolo. «Non so il suo numero.»

Lui lanciò un'occhiata ad ovest come se fosse stato in grado di vedere il ranch di Cy, poi di nuovo a me. «Io lo conosco. Andava a scuola col mio fratellino. Cercherò il suo numero così potrai chiamarlo. Se non dovesse funzionare, posso portarti io fino al ranch.»

Si alzò una brezza fredda ed io mi ravviai i capelli.

Lui sollevò il mento. «Entra nel camion. Fa freddo qua fuori. E poi, non posso averti nei paraggi mentre carico l'auto. Questioni di assicurazione.»

Io non avevo intenzione di discutere, felice di scaldarmi.

Un'ora più tardi, Cy fece irruzione dalla porta dell'autoriparazioni. Il suo sguardo scorse su tutto lo spazio fino a quando non si posò su di me. Sospirò e tutto il suo corpo si rilassò dalla posa rigida che aveva tenuto. Io andai da lui, lui mi afferrò e mi attirò a sè, in un abbraccio un po' troppo stretto. Sembrava stare rassicurando se stesso, non me, per cui non dissi nulla. Inoltre, riuscivo a sentire il battito del suo cuore contro il mio orecchio, il suo odore di uomo pulito e aria aperta.

«Mi hai spaventato a morte,» mormorò, poi mi diede un bacio sulla testa.

Io cercai di indietreggiare, ma lui allentò solamente un po' la presa. Dovetti sollevare il mento per guardarlo. I suoi occhi scuri mi scorsero sul viso come a cercare tracce di ferite.

«Stai bene?»

Mi sorpresi della sua preoccupazione. Non ero caduta

giù da un burone e quell'officina meccanica non era un pronto soccorso. Era stato il mio alternatore a morire.

«Sto bene. Mac è stato fantastico.»

Cy lanciò un'occhiata oltre la mia spalla. «È bello vederti, Mac,» disse, attirandomi al proprio fianco così che fossi rivolta verso il meccanico.

Una palese dimostrazione di possesso, se mai ne avessi vista una.

Mac si avvicinò e gli strinse la mano. «È passato un sacco di tempo. Brutta storia quella di tuo padre.»

Io sentii Cy irrigidirsi ed ebbi paura di come avrebbe risposto.

Tutto ciò che fece fu sollevare il mento e dire, «Già, brutta storia.»

Mac aveva detto che suo fratello era andato a scuola con Cy, per cui forse Mac capiva la situazione con Dennis Seaborn. Probabilmente aveva detto la cosa giusta, affrontando il problema e constatandolo come un dato di fatto e nulla più.

«Grazie per esserti preso cura della mia ragazza,» disse Cy, dirottando la conversazione da suo padre.

Ecco di nuovo quella cosa della *ragazza*, ma detta da Cy con quel suo roco ringhio di possessività, era fottutamente eccitante. Nonostante non avrebbe dovuto essere vero. Non appartenevo a nessuno di loro due.

Era solamente *divertimento*.

Giusto?

Lui si accigliò e mi guardò. «Pensavo che stessi con Lucas Mills.»

«Infatti,» spiegò Cy.

Mac esitò, lanciando un'occhiata ad entrambi, al modo in cui Cy mi stava tenendo in maniera palesemente possessiva. «Entrambi? A me sta più che bene.» Sogghignò, poi annuì, e tutto finì lì. «Devo ordinare l'alternatore, per cui ci vorranno un paio di giorni. Ho il tuo numero, ti chiamo quando c'è qualche novità.»

«Grazie,» risposi io, non essendo sicura di cos'altro dire. Mac non aveva bisogno di altre spiegazioni e, se così non fosse stato, che cosa avrei detto? Che era divertente scoparsi due ragazzi in una volta? Che adoravo prendermi due cazzi?

Lui e Cy si salutarono e Mac uscì sulla piattaforma di servizio, lasciandoci da soli nella sala d'attesa.

Cy si chinò e mi posò le mani sulle spalle così che ci trovassimo faccia a faccia. «Mi dispiace così tanto, dolcezza, cazzo.»

Io lo guardai confusa e acciglata. «Per cosa? Non è colpa tua se la macchina mi si è rotta.»

«È un bene che tu abbia anche Lucas, perchè sono stato un coglione. Non ho nemmeno pensato di lasciarti il mio numero. Eri là fuori da sola... *cazzo*.» Si sporse in avanti, appoggiando la fronte alla mia. «C'è un assassino in circolazione,» sbottò, ma il suo tono non mi turbò. Non ce l'aveva con me. Ce l'aveva con se stesso.

Non ci avevo pensato. Avrei dovuto, per via di Lucas. *E* di Cy. Dio, avrebbe dovuto essere sempre il mio primo pensiero. Diamine, ero salita su un carro attrezzi con uno sconosciuto che avrebbe potuto essere un assassino. Avrebbe potuto essere stato chiunque in città ed io non avevo pensato alla mia sicurezza nemmeno per un istante. Cy l'aveva fatto, però. E anche Lucas, assicurandosi che Cy fosse con me mentre lui era via.

«Ehi,» mormorai. Quando lui non incrociò il mio sguardo, posai le mani sui suoi avambracci. «Cy, sto bene. Non sono rimasta là fuori per molto.»

«Non avresti dovuto restare bloccata lì affatto. È compito mio tenerti al sicuro e non l'ho fatto.»

Diceva davvero. Nel profondo. Era come... un qualcosa a cui credeva col cuore il fatto che fosse compito suo proteggermi. Dio, era per via di suo padre, di come avesse abbandonato sua mamma? Qualcosa per lui mi si spezzò nell'anima. Avrei voluto portargli via quel dolore.

«Non ci sono stato per te.»

«Ci sei adesso,» dissi. «Non appena l'hai saputo, sei venuto.»

Lui annuì, sfregando il pollice avanti e indietro sul mio labbro inferiore.

Prendendogli il volto, io lo attirai in un bacio. Al diavolo quella carezza col pollice. Inizialmente fu delicato, per tranquillizzarlo e dimostrargli che stavo bene. Poi si fece passionale, perchè volevo dimostrargli quando apprezzassi la sua preoccupazione, ma anche così che sapesse che stavo bene. Che ero di fronte a lui, a baciarlo. Mi sentii subito a mio agio nel sapere che lui era lì per me, che, sembrava, ci sarebbe stato sempre. Sentivo di potermi fidare di lui e non solo col mio corpo. Non potevo più evitarlo. Anche il mio cuore *era* coinvolto, ormai. Così rapidamente, in un solo giorno, mi ero innamorata di due uomini.

Merda. Come avrei fatto a lasciarli? Come sarei sopravvissuta quando loro avrebbero finito di divertirsi con me?

Una porta si aprì alle mie spalle e qualcuno si schirì la gola. Io mi ritrassi, arrossendo furiosamente.

Mac ci sorrise, tra l'imbarazzato e il malizioso per averci beccati. «Scusate, avevo bisogno di recuperare dei documenti.»

Li prese dal bancone e ci lasciò di nuovo soli.

Eravamo stati beccati. Dio, c'erano state di mezzo le lingue e un sacco di palpate, Cy aveva *ancora* la mano sul mio culo.

Mi leccai le labbra. Cercai di riprendere fiato, ma tutto ciò che avrei voluto fare era saltargli addosso. Ci era stato appena brutalmente ricordato che ci trovavamo in un'officina, non nella sua camera da letto.

«Stai arrossendo,» mormorò Cy. Non sembrava minimamente infastidito dall'essere stato scoperto. Non avevamo sedici anni, ma comunque... «Ti fai scopare da due uomini e ti imbarazzi un po' nel farci vedere insieme da Mac?»

Io mi accigliai. «A te non da fastidio che Mac ci abbia visti?»

«Io, che ti baciavo? Mi sta bene.» Mi diede una sculacciata, non forte, ma come promemoria. «Sa che sei offlimits. Ma nuda? Diavolo, no. Che ti senta venire? Diavolo, no. Devo ammettere che al mio uomo delle caverne interiore è piaciuto metterti in mostra.»

Io dovevo ammettere che avrei voluto che mi prendesse per i capelli e mi trascinasse nella sua caverna.

«Andiamocene da qui,» dise lui, prendendomi per mano e conducendomi fuori fino al suo furgone. «Ho dei progetti per te. Senza che Mac ci guardi.»

A me stava bene.

9

Y

«È BELLISSIMO,» gemette lei.

Cazzo, quel genere di verso, quelle parole, avrebbero dovuto essere perchè mi trovavo affondato dentro di lei fino alle palle. Eppure no, non la stavo nemmeno toccando. Era nuda e mi stava fottutamente eccitando.

«Immaginavo che potessi essere un tantino indolenzita,» risposi io, entrando nella vasca idromassaggio riscaldata e posizionandomi accanto a lei. Era buio e non avevo delle luci esterne accese, solamente la luce della luna illuminava la mia veranda sul retro.

L'avevo riportata al ranch e le avevo suggerito di tuffarci nella spa che avevo costruito due anni prima. Si trovava al fondo del patio, sul retro, con solamente l'aperta prateria di fronte. Non c'erano altre case nel raggio di miglia. Il cielo era nero come la pece senza alcun inquinamento luminoso e le stelle brillavano decise. Non l'avevo mai condivisa con nessuno, fino a quel momento.

Lei aprì gli occhi e mi rivolse un sorriso soddisfatto. Cazzo, adoravo trovarmi una donna nuda, sexy e bagnata lì dentro con me. Nello specifico, Hailey. I suoi capelli, raccolti in uno chignon scomposto, si arricciavano per via dell'umidità. Aveva le guance rosse e le tette che galleggiavano in superficie. Ce l'avevo duro solamente a guardarla. E quel bacio di prima... avevo fatto il bravo e mi ero trattenuto. Non stavo scherzando nel dire che avrebbe potuto essere indolenzita. Nè io nè Lucas avevamo il cazzo piccolo. Ne avevamo un sacco per tenere Hailey soddisfatta, ma fino a quando non vi si fosse abituata, senza subbio avrebbe avuto bisogno di una piccola pausa.

Piccola, perchè nell'istante in cui mi avesse detto di essere pronta, le sarei tornato subito dentro. La sua figa era il mio nuovo posto preferito.

«Lo sono,» ammise. «Quando mi ero immaginata di stare con due uomini, non avevo pensato a quanto sareste stati insaziabili.»

«Noi?» chiesi io, appoggiando le braccia sul bordo della vasca. «Tu sei venuta più volte di tutti noi.»

Lei non rispose, si limitò a richiudere gli occhi e accomodarsi nell'acqua calda. Io mi limitai a guardarla. Perfino alla luce della luna, vedevo le lentiggini che aveva sul naso, la piccola cicatrice accanto al sopracciglio, le sue labbra piene.

Mi passai una mano sulla nuca, ricordandomi di come si fossero allargate sul mio cazzo. Non me la sarei scopata nella vasca idromassaggio. Faceva decisamente troppo caldo. Il mio cazzo non era d'accordo, ma non era lui ad avere il comando.

E nemmeno Hailey.

«Hai sempre desiderato due uomini?» le chiesi.

Lei non aprì gli occhi quando mi rispose, ma l'acqua si mosse quando sollevò una spalla. «Amo leggere i libri d'amore con due eroi. Immagino fosse un segno, il fatto che mi eccitassi per i libri che leggevo. Non mi ero mai immaginata che sarebbe successo a me nella vita reale. Fino a Lucas.»

«Ha semplicemente detto apertamente che voleva condividerti con me?»

A quel punto lei mi guardò. Quegli occhi azzurri erano morbidi, rilassati. Bene.

«Lucas è un tantino spinto,» disse. «E anch'io. L'abbiamo scoperto piuttosto presto, le nostre scopate che si facevano sempre più selvagge ogni volta.»

«Continua,» la spronai quando si zittì.

«Una volta, mi ha scopata giocando nello stesso momento col mio culo.»

Avevo il cazzo talmente duro in quel momento che fu quasi impossibile non sollevarla sul bordo della vasca, allargarle le cosce e affondarle dentro.

Eppure no. Invece, chiesi, «Cosa, ti ha scopata quel buco stretto col dito?»

Lei annuì. Una ciocca di capelli le scivolò via dallo chignon e la punta galleggiò nell'acqua. «Mi ha chiesto se avessi mai pensato di prendermi due cazzi nello stesso momento. Io non sono riuscita a nascondere il mio interesse nella sua domanda.»

«Vuoi dire che ti sei bagnata tutta addosso a lui.»

«Oh sì. Dopo, be', ne abbiamo parlato. Io ho ammesso che l'idea mi eccitava parecchio. Lui ha detto che se volevo, mi avrebbe condivisa con il suo migliore amico.»

«Io.»

Lei scivolò sulla panca della vasca per starmi più vicina.

«Il resto lo sai.»

«Lucas sapeva che avevi bisogno di sottometterti?»

Lei abbassò lo sguardo sull'acqua. Chiaramente, era una cosa nuova per lei. Le avevo tirato fuori una perversione che probabilmente non aveva nemmeno saputo di avere, o a cui magari aveva pensato, ma che non aveva mai fatto.

«Guardami, dolcezza.»

Il suo sguardo incrociò il mio.

«Lucas ti scoperà per bene, ma non sarà in grado di dominarti come faccio io. Non ti metterà in ginocchio davanti alla porta ad aspettarlo quando tornerà a casa da una gita. Non ti farà arrossare il culo per punizione, nè tantomeno per divertimento. È semplicemente troppo buono, cazzo.»

Quando lei aprì la bocca per rispondere, io la interruppi. «Ecco perchè voleva aggiungermi all'equazione, perchè io posso darti ciò che lui non può. Posso darti ciò che ti mancava, ciò di cui hai bisogno.»

Stavo imparando piuttosto in fretta di cosa si trattasse e riempiva anche una parte di me. Per quanto lei mi concedesse in maniera stupenda il controllo, io lo prendevo per un dono. La dominavo solamente perchè lei sceglieva di sottomettersi, ed era una cosa bellissima. Avevo bisogno di quel controllo, di quello scambio di poteri, perchè quando la mia vita andava alla deriva, era una cosa su cui potevo contare. Potevo esserci per Hailey, darle ciò di cui aveva bisogno anche quando magari non si rendeva conto di aver bisogno di nulla. Fino a quando ci fosse stata.

Lei si girò così da mettersi in ginocchio rivolta verso di me. I suoi seni uscirono dall'acqua, gocciolando. Aveva i capezzoli morbidi, le punte gonfie per via del calore.

Gemetti.

«Ne ho bisogno adesso,» mi disse, la voce roca e come

quella di una fottuta porno star.

«Non sei indolenzita?»

Mordendosi un labbro, lei scosse la testa. «Io... ne ho voglia.»

Oh merda.

«Hai la figa vogliosa, eh?»

«Oh sì,» concordò subito.

«Chi è al comando di quella figa, dolcezza? Sei tu a decidere quando viene scopata?»

Quando lei scosse la testa, la ciocca di capelli le si appiccicò al collo. «No.»

«No, che cosa?» le chiesi, dando alla mia voce quel taglio di severa autorità così da farle sapere che stavamo giocando.

Lei sbattè le palpebre, si bagnò le labbra, poi disse, «No, signore.»

Oh cazzo. Perchè era così dannatamente bello sentirglielo dire?

«Eppure hai una voglia così disperata di avere il mio cazzo che mi implorerai comunque.»

Erano tutti preliminari. Parlare sporco con lei, cominciare così che sapesse che non sarei stato delicato. Io non ero Lucas. In quel preciso istante, lei non voleva lui. Voleva me.

«Ti prego,» sussurrò.

Io la scrutai, osservai i suoi occhi a mezz'asta, le guance rosse, i capelli scompigliati. I suoi capezzoli fottutamente sensuali. Per poco non mi arresi. Così, però, avrei ottenuto ciò che volevo io e non ciò di cui aveva bisogno lei.

Hailey veniva per prima. Sempre.

«D'accordo. Mi avrai dentro di te, ma *dopo* la tua sculacciata. Le cattive ragazze supplicano di farsi scopare con il culo rosso e indolenzito. Va' in camera mia e piegati sul letto, i piedi sul pavimento.»

Lei mi guardò per un istante, poi si alzò, l'acqua che le scorreva lungo il corpo tonico e sodo.

Cazzo, sarei potuto venire solo a guardarla. Adesso avrei dovuto sculacciarla prima di prendermela. Il mio cazzo avrebbe dovuto adeguarsi.

Uscendo fuori, lei fece due passi, poi urlò.

Preso dal panico, io mi alzai nella vasca, cercando che cosa l'avesse spaventata. Il mio fucile si trovava accanto alla porta d'ingresso, diamine. Ebbi un secondo per elaborare le possibilità. Aveva poggiato il piede su un chiodo. Aveva tirato un calcio ad un'asse sconnessa del pavimento e si era fatta male al pede. C'era qualcuno in casa.

Non era nessuna di quelle opzioni.

Era una cazzo di puzzola, appena giù dalla veranda nell'erba. A meno di tre metri da Hailey. Io ero solamente un altro mezzo metro più in là.

«Una puzzola!» disse lei, dando di matto e indietreggiando lentamente, come se avesse visto un orso o qualche altra belva feroce.

Quella carognetta bianca e nera era altrettanto sorpresa di vedere noi come noi lo eravamo di vedere lei. Non ne avevo mai vista una tanto vicina alla casa prima di quel momento, ma Cristo, era una brutta cosa. Per certi versi, avrei preferito vedere un orso.

Saltai fuori dalla vasca e attirai Hailey a me. «Zitta, non vogliamo farla-»

Non ebbi finito la frase che la puzzola spruzzò. Hailey urlò, io gridai ed entrambi corremmo lontano dall'animale. Era troppo tardi.

Stavamo imprecando entrambi, col fiatone. Da bambino, uno dei cani dei miei nonni si era fatto spruzzare addosso da una puzzola, colpito in pieno. Noi non eravamo ricoperti, ma la puzza, cazzo. Ce l'avevo nelle narici, nella bocca. Guardai la puzzola scappare via, ma il danno era fatto.

Porca. Puttana.

«Non entrare!» urlai, non volendo che Hailey portasse la puzza in casa.

«Cy, siamo nudi, bagnati e puzziaaaaaaamooooo!» strillò lei.

Se non altro eravamo rimasti nella vasca abbastanza da non avere freddo. Presto sarebbe successo, però.

«Vieni con me,» dissi, prendendola di nuovo per mano e cercando di non farmi venire i conati per via della puzza, sperando che lei non vomitasse davvero perchè, se l'avesse fatto, io l'avrei imitata. Le feci fare il giro della casa – lontano dalla puzzola – fino al garage, che non vi era attaccato. Aprii la porta su un lato, che non era mai chiusa a chiave, ed entrai. Trovai una coperta per cavalli pulita e la passai ad Hailey.

«Okay, dobbiamo entrare e prendere se non altro un telefono così da scoprire cosa usare per sbarazzarci del fetore.»

Lei annuì, ad occhi sgranati. Qualunque pensiero di scoparmela era svanito, ormai. Da quel momento in poi, se avessi dovuto scacciare un'erezione, avrei pensato ad una puzzola.

«Potremmo vomitare, ma ce la caveremo. Insieme.»

Con lei avvolta in una coperta – una che mi sarei assicurato di buttare via una volta che avessimo cominciato a pulirci – ci dirigemmo verso la porta della lavanderia. Grazie al cielo, mia nonna era stata abbastanza furba da apporvi un'ingresso che dava sull'esterno così che dopo una lunga giornata di lavoro nei campi, mio nonno non dovesse trascinarsi in giro per la casa tutto infangato e con gli abiti sporchi che puzzavano di mucca.

Corsi in cucina, afferrai il mio cellulare e tornai, chiudendomi la porta della lavanderia alle spalle per tenere dentro la puzza, poi effettuai una ricerca mentre Hailey cercava di ripulirsi mani e braccia col sapone nel lavandino di servizio.

«Dice di usare il perossido di idrogeno, il bicarbonato e il detersivo per piatti,» dissi io, leggendo sul piccolo schermo.

«Ho tutto, grazie al cielo.»

Hailey sollevò lo sguardo su di me. Infelice. Puzzavamo da morire, cazzo. «Non andrò mai più di fuori,» gemette.

Mentre cercavo il perossido di idrogeno nel mobiletto sotto al lavandino, dovetti concordare con lei. Non era così che mi ero immaginato che ci saremmo conosciuti. L'avevo desiderata nuda e bagnata, ma non a quel modo.

LUCAS

Accostai di fronte a casa di Cy, stanco da morire. Puzzavo, avevo bisogno di radermi e di otto ore di sonno in un vero letto. Uno in cui ci fosse Hailey. Preferibilmente nuda.

Tuttavia, non vidi il suo vecchio SUV. Aveva vissuto con me quando si era trovata a Cutthroat ed io ero passato prima da casa mia. Avevo immaginato che sarebbe stata qui con Cy, ma non avevo intenzione ormai di tornare in città. Sarei crollato in una delle camere per gli ospiti lì al ranch.

Il gruppo che avevo guidato si era svegliato all'alba per fare l'escursione e, una volta che avevamo abbandonato tutti il deposito e terminato una gita di successo, erano state le dieci passate. Magari Cy e Hailey erano usciti per colazione, ma non riuscivo ad immaginarmi Cy che permetteva ad Hailey di guidare il suo SUV. Non sarebbe mai successo.

Entrai ed esitai. C'era silenzio assoluto. Percorsi il corridoio fino in camera di Cy per controllare se stessero ancora dormendo, ma il letto era vuoto. Dove diavolo erano? La finestra sul lavandino della cucina era aperta, nonostante l'aria del mattino fosse ancora molto fredda. C'era un leggero odore di puzzola che aleggiava nella stanza, per cui dovetti chiedermi se l'avessero aperta nel bel mezzo della notte per rinfrescare l'aria e se ne fossero poi dimenticati.

Non aveva importanza. Andai alla finestra e la chiusi.

Mi diressi a grandi passi fino al bagno che Cy usava al pian terreno, mi spogliai e mi feci una doccia al volo, insaponandomi, risciacquandomi e uscendone in due minuti, troppo stanco per restarvi di più nonostante l'acqua calda fosse favolosa.

Afferrai dei boxer puliti dalla mia borsa e salii al piano di sopra fino ad una delle stanze vuote. Mi bloccai sulla porta. C'erano Cy ed Hailey nel letto, profondamente addormentati, con le coperte avvolte attorno a loro. Hailey aveva i capelli scompigliati attorno alla testa e indossava una delle magliette di Cy. Lui era in boxer.

Perchè si trovavano lì e non in camera di Cy?

Se stavano ancora dormendo a quell'ora, dovevo domandarmi che cosa avessero fatto tutta la notte. Mi si indurì il cazzo rigonfiandomi le mutande. Cy si era fatto Hailey, quello lo sapevo. Per quante volte, però, tanto da stancarli a quel modo era la domanda. Avevano rotto il suo letto?

Bastardo fortunato.

Mi avvicinai al letto e diedi un colpetto al piede di Cy. Quando non si mosse, lo colpii più forte.

Lui russò, poi voltò la testa per guardarmi. «Amico,»

grugnì.

«Nottata selvaggia?»

Lui tirò su col naso, si grattò le palle da sopra i boxer, poi si girò su un fianco per guardare Hailey. «Non ne hai idea.»

«Sì, ho una vaga idea,» controbattei io, pensando a tutte le cose che avrebbero potuto fare insieme.

Lui si sollevò sui gomiti e si sfregò gli occhi. «No, non ne hai la minima idea, cazzo.»

Hailey si svegliò, poi si rizzò a sedere. Sbatté le palpebre, si guardò attorno. Aveva i capelli sparati in tutte le direzioni. «La sento ancora.»

Io mi accigliai. «Cosa, l'odore della puzzola? L'ho sentito al piano di sotto. La bestia se n'è andata da un pezzo, ormai.»

Hailey voltò la testa e guardò Cy, chiaramente non divertita e ancora mezza addormentata. «Penso di avere il naso rotto.»

«Già. Lo so, dolcezza,» mormorò Cy, la sua voce che assumeva una qualità che non avevo mai sentito prima. Un po'... adorante?

«Lucas, puzziamo?» chiese lei.

«Se mi stai chiedendo se riesco a sentire l'odore di sesso addosso a voi due, no.»

«Apri occhi e orecchie, cazzo, stronzo,» disse Cy. «Puzziamo di puzzola?»

Era una conversazione strana da morire. «Perchè dovreste puzzare di puzzola?»

«Perchè ci ha spruzzati ieri sera!» urlò Hailey. «Nudi.»

Scoppiò a piangere, Cy che la attirava tra le proprie braccia per stringerla mentre singhiozzava. Cristo, non l'avevo mai vista così. Diamine, non avevo nemmeno mai visto Cy confortare una donna prima di allora.

Io mi limitai a fissarli, con gli occhi sgranati. «Siete stati spruzzati da una puzzola?»

Piaceri tra le montagne

«Nudi,» ripetè lei in un lamento.

Cy non stava roteando gli occhi nè mettendo in dubbio ciò che diceva, si limitò a stringerla di più, ad accarezzarle la schiena.

«Porca troia,» mormorai. Come avevano fatto a farsi spruzzare da una puzzola... senza vestiti?

«Sono così fottutamente stanco,» borbottò lui. «Amico, siamo stati svegli tutta la notte a cercare di levarci 'sta puzza. Siamo venuti qua sopra per non puzzare camera mia o il mio letto. Questo lo possiamo bruciare, se necessario.»

«Penso che rimarrò pelata in un punto,» commentò Hailey contro il petto nudo di Cy, portandosi una mano alla testa.

I suoi capelli c'erano tutti, ma non ero sicuro che le sarebbero rimasti dopo che avesse tentato di pettinarli. L'unica cosa che avevo sentito dire servisse a sbarazzarsi dell'odore di una puzzola era il sugo di pomodoro... o il ketchup.

«Tutta la notte. A spalmarci una miscela piena di roba in punti che non avrebbero dovuto essere spalmati.»

«Ti sei messo del ketchup sull'uccello?»

Cy mi lanciò un'occhiataccia. Sul serio, avevamo passato delle brutte esperienze insieme e sarebbe stato quello sguardo ad uccidermi.

«Di che cazzo stai parlando? Perossido di idrogeno, bicarbonato di sodio e detersivo per piatti. È come spalmarsi una poltiglia abrasiva sulla pelle. Penso di aver perso l'olfatto,» borbottò Cy. «Ti prego, dimmi che non puzziamo.»

«Non puzzate,» dissi onestamente. C'era una traccia di puzzola, ma non avevo mai sospettato che fossero stati spruzzati.

Hailey sollevò la testa e mi guardò con gli occhi pieni di lacrime e il volto chiazzato. «Davvero?»

Cy mi rivolse un'altra occhiata, una che mi diceva che non avrei dovuto prendermi gioco di lei. Chiaramente, erano esausti e sconvolti. Che incubo. Dovevo sperare che sarebbero stati in grado di riderci su. Più avanti.

Adesso era arrivato il momento di dormire tutti quanti. Come dei sassi.

«Davvero.»

«Com'è successo?»

«Due parole,» disse Cy. «Vasca idromassaggio.»

Oh merda. Adesso sì che avrei davvero voluto ridere, ma sapevo che mi avrebbero ucciso subito e avevo la sensazione che l'avrebbero fatto insieme.

«Spostatevi e fatemi spazio. Voglio abbracciare la mia ragazza.»

Andai dal lato del letto di Hailey e vi salii. Cy si spostò per farmi spazio ed io attirai Hailey tra le mie braccia così da avvolgerla. Diedi un'annusata mentre lei appoggiava la testa al mio bicipite. «No, niente puzzola.»

«È stato terribile e sono così stanca,» sussurrò lei, accoccolandomisi contro. Al mio cazzo piacque, ma non era quello il momento.

Guardai Cy che stava fissando Hailey. Allungò una mano, le accarezzò una guancia e le disse, «Dormi, dolcezza. Io sono qui.»

Si lasciò cadere sul proprio cuscino, ci tirò addosso le coperte e chiuse gli occhi.

Potevano anche non aver trascorso la notte che avrebbero voluto per conoscersi meglio, ma sembrava che l'avessero fatto comunque. Il modo in cui Cy la guardava, il modo in cui Hailey si limitò ad annuire in risposta e ad accoccolarsi contro di me, erano legati adesso, legati in un modo in cui probabilmente del buon sesso non avrebbe potuto unirli.

10

Hailey

Ero di pessimo umore. Erano passati cinque giorni dall'incidente della puzzola e, da allora, mi ero fatta sempre più nervosa. Irritabile. Non perchè puzzassi, poichè quello era stato risolto, grazie al cielo.

Ero in grado di affrontare una montagna e sciarvi giù come una maledetta, ma non ero in grado di affrontare un'altra persona. Io *odiavo* i conflitti. Non volevo più gareggiare. Lo sapevo da mesi. Avevo continuato a menare il can per l'aia, evitando l'argomento, evitando Mark.

Non volevo dire quelle parole ad alta voce a me stessa, figuriamoci a lui. Si sarebbe incazzato. Mi avrebbe urlato contro per aver buttato al vento la mia carriera. Per aver sprecato il mio talento. Ero troppo giovane per arrendermi. A parte il mio ginocchio, ero in salute, e mi ero ripresa abbastanza dall'incidente per poter sciare di nuovo. Il mio ginocchio avrebbe retto: me l'avevano detto i dottori.

Probabilmente non ero nemmeno all'apice della mia carriera. Lui vedeva altre vittorie in campionato, altri contratti con gli sponsor, e probabilmente aveva ragione. Più soldi per me, ma, cosa più importante, per lui.

Io ero il suo buon pasto.

A me non era mai importato dei soldi. Okay, erano decisamente un vantaggio, ma ne avevo abbastanza, ormai. Non vivevo nel lusso. Diamine, guidavo un SUV che era più vecchio di me. Avrei potuto mollare tutto. Fare io stessa da allenatrice, ottenere un incarico come commentatrice in un canale di sport per lo sci. Lavorare nell'industria di produzione sciistica. Avevo un sacco di opportunità fuori pista.

Oppure sarei potuta ritornare in gara, sciare giù da quella cazzo di montagna, come aveva detto Cy. Ero già caduta in passato, mi ero ripresa ed ero tornata in pista. Avevo rifatto tutto, più in fretta e meglio di prima.

Cos'era cambiato?

Io.

Bramavo ancora quella scossa di adrenalina, quel bisogno disperato di controllare la montagna, i miei sci, perfino me stessa. Avevo anche paura. Paura di cadere. Di fallire. Di farmi ancora più male.

Avevo Lucas e Cy. Amavo ciò che avevamo assieme, ciò che avremmo potuto diventare se ne avessimo avuto il tempo, e questo mi spaventava a morte. Volevo rinunciare alla mia carriera vincente per due uomini.

Andava contro ogni fibra femminista nel mio corpo.

Tornare a gareggiare mi avrebbe allontanata da loro, dalla vita che ci stavamo lentamente costruendo. Non era nemmeno passata una settimana, ma non volevo che finisse. Tuttavia, avrebbe potuto essermi strappata tanto rapidamente quanto io ero caduta su quella brutta curva.

Stavo mettendo il mio cuore nelle mani di due uomini e loro avevano la capacità di distruggerlo. Non avrei dovuto volerli. Avrei dovuto tornare ai campionati pre-stagionali, a farmi il culo per allenarmi.

Avrei dovuto trovarmi al campo di addestramento, dopodichè sarei dovuta partire per la prima gara senza mai voltarmi indietro, senza tornare a Cutthroat fino a quando la neve non si fosse sciolta. Aprile, con un po' di fortuna.

Aprile. Ugh.

Eppure, nonostante sapessi ciò che Lucas e Cy avrebbero potuto farmi, volevo mollare. Avevo chiuso. Avevo perso la determinazione. La concentrazione.

Dovevo incontrare Mark e dirglielo. Temevo quel momento. Era un uomo deciso, il che era un bene per un allenatore. Avevo avuto bisogno della sua decisione, della sua motivazione. Eguagliava la mia, forse anche di più. Non mi infastidiva tutto ciò che mi scagliava contro prima di una gara, ma adesso? Non sarebbe stato bello. Mi avrebbe odiata.

«Pensavo che avresti lavato i piatti?» mi chiese Cy, entrando in cucina. Aveva tre buste della spesa in mano, Lucas che lo seguiva portandone altre. Le posarono sul bancone. Io ero rimasta al ranch quando loro erano andati a comprare un po' di cibo.

«Scusa,» dissi, raggiungendoli. «Me ne sono dimenticata.»

Cy mi rivolse un'occhiata, una che diceva che non era contento. Cercare di sbarazzarci del fetore della puzzola ci aveva uniti. Il modo era folle, decisamente, ma avevamo subito un trauma, per quanto ridicolo, ed eravamo sopravvissuti insieme. Lui mi aveva aiutato a lavarmi i capelli – più e più volte – nonostante puzzasse anche lui. Si era preso cura di me, mi aveva dimostrato che ci sarebbe stato, per me, anche nei momenti peggiori.

Era stato incredibile, ma era anche pericoloso. Tutto ciò che era esilarante era anche pericoloso. L'avevo provato in prima persona.

Sin dall'incidente con la puzzola, era stato dolce. Premuroso. Come Lucas. Avevamo fatto sesso, innumerevoli volte, ma era cambiato. Non era più come i primi giorni quando era stato autoritario e dominante, a sculacciarmi e a legarmi al letto. Quando eravamo stati nella vasca idromassaggio – e prima che quella stupida puzzola rovinasse tutto – Cy mi aveva ordinato di andare in camera sua per dominarmi.

Non era mai successo, nè allora, nè nei giorni a seguire. No, lui era dolce. Non mi aveva mai parlato sporco, non mi aveva mai nemmeno sculacciata. Non mi prendevano mai insieme, non accennavano mai al fatto di scoparmi nello stesso momento come avevano detto inizialmente. Mi davano un orgasmo dopo l'altro, ma non mi bastava.

Adoravo quell'attenzione, ma non era ciò di cui avevo bisogno. Dio, cosa c'era di sbagliato in me? Due uomini che mi scopavano ed io non ero felice. Proprio come avevo pensato, stavo distruggendo qualcosa ancora prima che cominciasse. Era meglio così. Avrebbe dovuto trattarsi di divertimento. Nessun coinvolgimento emotivo.

Aprii l'acqua in una delle vasche del lavabo, afferrai le tazze sporche della colazione dall'altra e le risciacquai. Aprendo la lavastoviglie, mi chinai per mettercele dentro, spingendo il culo in fuori. Avevo due uomini virili che metevano via la spesa e avrebbero potuto godersi lo spettacolo. Non ero nuda, ma erano in grado di cogliere l'antifona. Di darmi ciò che volevo. Semplicemente divertimento. Semplicemente... del sesso spensierato.

Si sperava.

Sciacquando un'altra tazza, lo feci di nuovo. E ancora, agitando il culo nel mentre.

Lucas mi venne alle spalle e mi posò un palmo su una natica. «Mi piace questo.»

Guardandolo da sopra la spalla, sogghignai. «È tutto per te.»

Quanto altro avrei potuto invitarlo? Non volevo la loro gentilezza, la loro preoccupazione. Volevo le loro mani rozze, il loro spirito selvaggio.

Lui mi fece l'occhiolino. «Andiamo in camera di Cy.»

«No.» La voce di Cy fu come un colpo di frusta. Si appoggiò al bancone, le braccia conserte. «Non avrà i nostri cazzi.»

«Cosa?» balbettai io. «Perchè no?»

«Sei stata una ragazza cattiva.»

«Perchè non ho lavato i piatti?» chiesi, sconvolta.

«Anche, e perchè non hai richiamato i tuoi genitori ieri. Non è vero?»

Io arrossii, sapendo che aveva ragione. Mi avevano lasciato un messaggio ed io non li avevo ancora richiamati.

«No.»

«E anche altre cose.» Si accarezzò la barba.

C'erano *state* altre cose. Avevo lasciato degli asciugamani bagnati sul pavimento. Stronzate ridicole, solo per provocare Cy. Per fargli *fare* qualcosa a parte baciarmi sulla testa e amarmi. Già, amore. Io non volevo l'amore.

Volevo il divertimento. Le scopate. Nient'altro. Quello era *divertente*. Sicuro.

Per cui, ero sbottata. Mi ero comportata male così che avrebbero dovuto concedermelo. Afferrai un'altra tazza, la sciacquai e la misi nella lavastoviglie assieme alle altre.

«Dolcezza, se volevi una sculacciata, bastava chiederlo.»

Io voltai di scatto la testa, incrociando il suo sguardo. «Cosa?»

«Hai bisogno che prendiamo in mano la situazione, non è vero?»

«Io...»

«Ti daremo tutto ciò che vorrai, ma comportarti male non funzionerà.»

Merda, aveva ragione. Non aveva funzionato. Quella storia dell'asciugamano era stata meschina e così da adolescente capricciosa. Non lavare i piatti era stata una mossa per attirare l'attenzione e l'avevo ottenuta, ma nel modo sbagliato. Non mi stava prendendo in spalla per trascinarmi in camera sua per una bella scopata.

«Mi dispiace,» borbottai. Non mi ero mai comportata a quel modo in passato. Meschina. Superficiale. Egoista. Perchè non potevo accontentarmi del loro affetto? *Perchè ne hai paura!*

«Ti dispiacerà eccome.»

E con quelle parole, mi venne la pelle d'oca sulle braccia e mi pulsò la figa. Quelle tre parole erano ciò che avevo voluto sentire per tutta la settimana.

Lui uscì dalla cucina e si sedette sul bordo del tavolino da caffè. «Vieni qui, dolcezza.»

Io lanciai un'occhiata a Lucas, che si limitò a farmi di nuovo l'occhiolino. Non mi avrebbe offerto alcun aiuto, non mi avrebbe abbracciata o baciata e nemmeno scopata. Sapere che avrebbe assistito a qualunque cosa Cy avesse avuto intenzione di fare mi eccitò ancora di più.

Lentamente, io andai da Cy e lui mi posò le mani sui fianchi, attirandomi tra le sue ginocchia aperte. La sua presa fu delicata, ma quando sollevò lo sguardo su di me, i suoi occhi furono scuri come la sua voce. «Hai bisogno di farti sculacciare, non è vero?»

Io mi morsi un labbro, annuendo. Ne avevo bisogno. «Non volevi farlo.»

Un sopracciglio scuro si inarcò. «Quindi ti sei comportata male?»

«Mi dispiace,» ripetei.

«Ti darò tutto ciò di cui hai bisogno. Anche Lucas. Ma non in questo modo. Manipolandomi. Cercando di farmi arrabbiare.»

Oddio, era quello che avevo cercato di fare. La mia frustrazione evaporò e venne sostituita dalla delusione. Di me stessa.

Lui mi prese il mento tra le dita ed io non ebbi altra scelta se non guardarlo in quegli occhi scuri. «Non ti toccherò *mai* se sono arrabbiato, per cui il tuo piccolo piano non ha funzionato.»

«Sei stato troppo gentile,» dissi io, cacciando indietro le lacrime. «Io non voglio la gentilezza.»

Lui rise. «La maggior parte delle donne vogliono quello.»

Mi accigliai. «Io *non* sono la maggior parte delle donne.»

Le sue mani mi scesero sui jeans, aprendone il bottone e calandone la zip. «Sì, io e Lucas siamo ben consapevoli del fatto che sei unica.»

«Siamo fottutamente fortunati che tu sia nostra,» disse Lucas, lasciandosi cadere sul divano e guardando Cy che mi calava i jeans e le mutandine lungo le cosce.

«Voglio ciò che mi avevi promesso nella vasca idromassaggio.»

Cy si interruppe, pensando alla nostra conversazione prima della puzzola.

«Sulle mie gambe,» mi ordinò.

Io esitai e lui attese. Era ciò che avevo desiderato per giorni. Ciò che avevo bramato. Non ero mai stata sculacciata prima di conoscere Cy ed era stata una rivelazione.

Mi voltai e mi sistemai sulle sue cosce forti, i miei palmi che premevano sul pavimento. La sua mano si posò sul mio culo per aria, accarezzandolo.

«È una bella vista. Lascia che la renda ancora più bella. Lucas, va' a prendere quel plug e il lubrificante che ho comprato.»

Mi si contrassse l'ano alle sue parole.

«Quello di taglia media.»

Oddio.

Dalla mia posizione, vidi i piedi di Lucas passarmi davanti. Quando aveva comprato un plug anale? Non sapevo nemmeno che ci fosse un sexy shop in città.

«Adesso, scaldiamoti un po' per quel plug.»

La mano di Cy mi calò sul culo ed io trasalii. Non fu poi così forte, ed io me l'ero aspettato, ma ad ogni modo...

Mi sculacciò di nuovo, sull'altra natica. Poi di nuovo. E di nuovo. Ogni volta, la sua mano mi colpiva un po' più forte. Quando Lucas fece ritorno, avevo il culo bello caldo e formicolante.

Mi sentivo bruciare dentro, la mia figa pulsava di desiderio. Era *quello* che mi era mancato. La mia mente si sgombrò all'istante. I miei problemi venivano spazzati via ogni volta che la sua mano mi colpiva il sedere.

Non avevo io il controllo. Ce l'aveva Cy. Quel bruciore me lo ricordava. Mi tranquillizzava.

Le sue dita mi strattonarono una natica, allargandomi, ed io sussultai quando uno schizzo di lubrificante fresco mi cadde direttamente sull'ano. Un attimo dopo, sentii la dura pressione del plug che vi si faceva strada dentro.

«Rilassati,» disse Cy, facendo più pressione.

«Facile a dirsi, per te,» borbottai. «Non hai qualcosa che

ti si infila nel culo.»

Una mano mi calò sulla natica. Forte. Poi ancora.

«Vuoi il plug grande, piuttosto?»

Io scossi la testa, i capelli che mi ricadevano davanti al viso come una tenda. Quel plug non era grande? «No.»

«No, che cosa?» mi chiese lui, sculacciandomi di nuovo.

«No, signore.»

Lui mi massaggiò la carne indolenzita mentre tirava indietro il plug, per poi premere nuovamente in avanti. Io trassi un respiro profondo e lo lasciai andare. Mi rilassai. All'improvviso, la flangia larga mi aprì e il plug mi affondò dentro. Non mi fece male, non più delle dita di Lucas, ma fu diverso. Non cedeva e non se ne sarebbe andato da nessuna parte.

«Guarda che bello che è quel culo,» commentò Cy.

«Stupendo,» concordò Lucas. La sua voce proveniva dal divano, ma io non avevo prestato attenzione al fatto che vi si fosse riseduto.

«È arrivato il momento della tua sculacciata, dolcezza.»

Io mi tesi. «Non è ancora cominciata?»

«Oh no, quello era solo un riscaldamento. Quando fai la cattiva, vieni punita dentro e fuori.»

«Oddio,» gemetti. Adoravo le sue parole sporche e il modo in cui avevo la figa in bella mostra, che lui senza dubbio riusciva a vedere. Ero bagnata. Ridicolmente bagnata, e tutto perchè lui era al comando.

La sua mano si abbattè di nuovo ed io sussultai, le lacrime che mi bruciavano gli occhi. Le sue dita avevano colpito il plug e quello mi si era mosso dentro.

«Ow!» urlai, allungando istintivamente una mano all'indietro per coprirmi il culo.

Lui mi prese il polso e me lo tenne bloccato dietro la schiena mentre mi sculacciava ancora. E ancora.

Alla terza, stavo piangendo. Dopo persi il conto, dando sfogo a tutto. Il calore e il bruciore erano intensi, ma era ciò che avevo desiderato. Ciò che avevo bramato per giorni. Ciò per cui mi ero comportata male cercando di ottenerlo.

Mi arresi. Completamente. Mi sciolsi sulle sue gambe, permettendogli di sculacciarmi. Non appena lo feci, lui si fermò, poi mi sollevò delicatamente in braccio a sè, i miei jeans e le mie mutandine ancora calate attorno alle cosce, il plug ancora infilato nell'ano. Mi tenne stretta mentre piangevo, mentre mi lasciavo andare.

«Mi dispiace,» mormorai contro il suo petto. «Di solito non piango.»

Lui mi accarezzò i capelli. «Forse dovresti farlo. Sei troppo forte, dolcezza. Siamo qui per te, nel bene e nel male.»

Era vero, ma io non volevo quello. Volevo che mi scopassero subito, specialmente con quel plug nel culo. Dio, ci sarebbero stati così stretti

«Cos'è che ti tormenta?» mi chiese Lucas.

Io sollevai il mento per guardarlo. Si sporgeva in avanti, i gomiti sulle ginocchia.

«Puoi dircelo adesso, dolcezza, o dopo che ti avrò sculacciata ancora un po',» aggiunse Cy.

«Non voglio più gareggiare.»

Lo dissi a voce alta. Pronunciai le parole che avevo pensato per mesi.

Lucas sogghignò. «Non è stato così difficile, no?»

Io annuii. «Dio, sì, è stato *estremamente* difficile.»

«Perchè non vuoi gareggiare?» chiese Cy.

«Ho chiuso. Ho... perso il coraggio, credo. O quantomeno la determinazione.»

«È per questo che vuoi che ti sculacci? Per riempire un vuoto?» Cy mi spostò in braccio a sè. «Tu hai il controllo

Piaceri tra le montagne

sulla montagna. Il completo controllo delle curve, degli sci, della fottuta montagna. Poi sei caduta e ti è stato tolto. Adesso cosa, vuoi concederlo a me?»

Io mi accigliai. Ciò che aveva detto aveva senso. Perchè volevo cedere il mio controllo a lui, però? Mi ero opposta per tutto quel tempo al mio interesse nei loro confronti. Non volevo *desiderarli* più che per un po' di divertimento.

Non avrei dovuto cedergliclo, eppure lo volevo. Ne avevo bisogno, a quanto pareva.

Cy guardò Lucas.

«Noi vogliamo stare con te. Per sempre, bambola,» disse lui. «Ma devi trovare la tua strada; devi vivere la tua vita. Noi ti staremo accanto mentre lo farai. Se si tratta delle gare di sci, ottimo. Altrimenti, ottimo lo stesso. Ma non puoi sdraiarti sulle gambe di Cy per dimenticare. Devi renderti felice, qualunque cosa tu decida.»

«Esatto,» aggiunse Cy. «Ti sculaccerò. Presto ti scoperò nel culo, si spera. Ma non ti dominerò per farti da rimpiazzo.»

«Quindi, mi state dicendo che pensate che dovrei sciare?»

Lucas scosse la testa. «Io non sto dicendo nè una cosa nè l'altra. Devi decidere tu che cosa sia giusto per te. Solamente per te. Molla tutto per *te*, ma non rimpiazzare lo sci con noi.»

Era quello che avevo fatto? Avevo involontariamente fatto proprio ciò che avevo cercato di evitare?

«Non puoi nasconderti qui come hai fatto finora,» disse Cy.

«Non mi sto nascondendo!» protestai.

Lui si limitò a fissarmi per un minuto, poi proseguì. «Non te lo permetteremo. Se non vuoi più gareggiare, va bene. Ma devi andare a parlare col tuo allenatore. Farla finita.»

Aspettate un attimo. Aspettate. Un. Attimo.

«Non me lo *permetterete*?» chiesi. «Questa doveva essere una settimana di divertimento! Dovevo fare sesso con due uomini sexy. Non mi stavate permettendo nulla, mi stavate *scopando*.»

Lucas si irritò. «Divertimento? Pensi che tutto ciò che stiamo facendo sia divertirci?» Si passò una mano sulla nuca, chiaramente pensando che si trattasse di molto più che quello.

«Sì, permettere,» proseguì Cy. Cazzo, era come un cane che non molla l'osso. «Non hai contattato i tuoi genitori, che, immagino, vogliono sapere che cosa pensi, che piani hai. Lo stesso vale per il tuo allenatore. Ti chiama a tutte le ore, vuole sapere quando tornerai ad allenarti. Vorrebbe perfino venire qui pur di incontrarti. L'hai lasciato in sospeso per una settimana per stare con noi. Io direi che te lo abbiamo permesso.»

Lucas mi guardò arrabbiato.

Io bambettai, sconvolta da ciò che stava dicendo. «Cosa c'è che non va nel voler stare insieme, nel divertirsi?» ribattei. Non avevano voluto stare con me? Di certo erano sembrati contenti di scoparmi. «La gente lo fa in continuazione.»

«Prendere tempo,» aggiunse Cy.

«Scopare,» sbottai io. Non mi piaceva affatto quella conversazione. La faceva sembrare come se li avessi usati.

«Prendere tempo,» ripetè lui.

A quel punto io mi alzai, puntandogli il dito contro.

«Proprio tu parli. Hai evitato tuo padre tanto quanto io ho evitato di parlare con Mark. Hai sfruttato questa settimana tanto quanto me.»

«Ti ha sgamato, stronzo,» borbottò Lucas.

Cy piegò la testa, ignorandolo. «Non vedo mio padre da

quando avevo nove anni. Questa settimana non ha cambiato nulla.»

«Oh? Ti sei nascosto in casa tua. L'hai detto tu stesso la scorsa settimana quando mi sono presentata qui. Evitavi la città. L'unico modo in cui puoi risolvere le cose con tuo padre, sapere perchè abbia sostenuto di aver ucciso Erin, è affrontarlo. Ti sei nascosto dai reporter, ma in realtà, ti stavi nascondendo dalla verità. Tuo padre ha più risposte che non solo l'avere a che fare con l'omicidio di Erin.»

Cy fece ruotare un dito per aria indicando attorno a noi. «Tutta questa storia non riguarda me.»

«Sì, lo so. Sono io quella con il plug nel culo.»

Dio, me ne stavo lì in piedi con i pantaloni calati a metà, il culo probabilmente rosso fuoco e con un plug infilato dentro. Riuscivano a vedermi la figa, quanto avessi ancora le cosce bagnate, nonostante non fossi più minimamente eccitata. Allungando una mano alle mie spalle, mi tirai fuori il plug. Con cautela, lentamente, e con una smorfia. Non era una sensazione poi tanto bella quando non mi eccitava.

Lo lasciai cadere a terra, poi mi tirai su di scatto mutande e jeans.

«Sì, ho fatto delle cose piuttosto meschine per farmi sculacciare da te. A quanto pare ne ho bisogno. Di quello sfogo. Come hai detto tu, ho perso il controllo e tu me lo ridai. Sì, sembra strano. Solo che non mi ero resa conto di starmi comportando male per via del mio lavoro. Adesso lo capisco. E hai ragione, devo venire a patti con ciò che diventerò da grande.»

Finii di armeggiare con il bottone, poi feci un passo indietro. Gli puntai il dito contro. «Tu, però, tu sì che sei irascibile. Sei il re dell'evasione. Dio, mi hai puntato un fucile addosso la prima volta che sono venuta qui perchè ce l'avevi con tuo padre. Per cui non fare tanto il virtuoso e il prepotente quando sei tu quello che ha bisogno di darsi una controllata.»

Lucas rise e scosse la testa.

Io andai al piccolo tavolino accanto alla porta d'ingresso, presi le chiavi del furgone di Lucas – il mio SUV era ancora dal meccanico – e la mia borsa e lo guardai. «Prendo il tuo furgone e vado a casa tua. Da sola.»

«Bambola, aspetta,» ribattè lui, alzandosi. «Dobbiamo parlarne. Devi sapere che per me ciò che abbiamo è più che semplice divertimento.»

Io amavo Lucas, sapevo che le azioni di Cy – o la sua *mancanza* di azioni non erano un problema suo, ma ad ogni modo... Non volevo farmi abbracciare o confortare in quel momento. Volevo crogiolarmi per un po' nella mia rabbia. Bere del vino, sfogarmi. «Questa storia non doveva farsi complicata, Lucas. Divertimento. *Divertimento*. DIVERTIMENTO. Non stavo cercando di farmi coinvolgere emotivamente. E nemmeno voi. Fa troppo male, perdere ciò che si desidera.»

«Allora non allontanarmi,» disse lui, i suoi occhi azzurri che mi imploravano. «Io sono qui per te. Sono proprio qui. Ti sono devoto. E lo stesso vale per Cy, se solo la smettesse di fare l'idiota.»

«Voglio stare da sola, Lucas.»

Lui mi scrutò, poi annuì. «D'accordo. Per adesso.»

Io esalai, sollevata dal fatto che non avesse insistito per venire con me. Avevo bisogno di tempo per essere arrabbiata.

«Mi occuperò di Mark. Dei miei genitori,» gli dissi. Poi, rivolta a Cy, aggiunsi, «Fammi sapere quando tu ti sarai occupato di tuo padre. Fino ad allora, va' a ficcarti quel plug su per il tuo culo.»

11

Y

«Vuoi che venga con te?» mi chiese Lucas mentre scendeva dal mio furgone e chiudeva la portiera. Vi si appoggiò contro, incrociando le braccia.

Durante la notte aveva nevicato, lasciando una spruzzata di bianco su tutto. Il respiro mi usciva in una nuvoletta bianca. Nel cielo incombevano spesse nuvole scure come il piombo, proprio come il mio umore. Sarebbe caduta altra neve prima di fine giornata.

Io feci il giro del veicolo passando davanti al muso e mi misi di fronte a lui. «Vuoi anche tenermi per mano?»

Lui scosse lentamente la testa. «Stronzo,» borbottò.

Io guardai la casa di mio padre e chiusi gli occhi. Quel posto era stato costruito durante la grande depressione. Una piccola catapecchia rivestita in legno. Ai lati della porta d'ingresso c'erano due finestre. Cinquanta anni prima, forse era stata blu, ma adesso era di un grigio incostante con la vernice scrostata. Il tetto aveva bisogno di essere sostituito, era rattoppato qua e là come se il proprietario non si fosse potuto permettere più di un rapido lavoro di riparazione. L'intera casa pendeva verso sinistra. Il prato non esisteva, era un mix di terra ed erbaccia alta. Il marciapiede in cemento che portava dal punto in cui avevamo parcheggiato fino al vialetto non pavimentato che lo collegava alla porta d'ingresso era sconnesso e distrutto. I terreni coltivabili che circondavano la casa non venivano arati da anni, a giudicare dal loro aspetto. Dovetti chiedermi se facessero parte dell'appezzamento di mio padre o se lui possedesse solamente quel pezzetto di giardino che stava assieme alla casa. Il vicino più prossimo si trovava a mezzo miglio lungo la via.

Quel posto era un fottuto disastro. Era incredibile che mio padre avesse abbandonato me e la mamma per quello.

«Tu sei qui affinchè io non lo uccida. Nient'altro,» gli ricordai.

«E tu sei qui perchè Hailey ti ha fatto un culo così.»

Quello stronzo aveva ragione. Dopo che Hailey se n'era andata di corsa, io mi ero beccato un'altra ramanzina da Lucas. Non solo l'avevo fatta incazzare tanto che non voleva più vedermi, ma non aveva voluto vedere nemmeno *lui*. Se avesse detto ancora una volta la parola *divertimento*, immaginavo che Lucas l'avrebbe sculacciata.

Aveva veramente pensato che tutto ciò che stavamo facendo fosse divertirci un po'? Spassarcela? Eravamo stati spruzzati da una cazzo di puzzola insieme! Se non era stabilire un legame quello, non avevo idea di cosa cazzo lo fosse. E adesso lui ce l'aveva con me. Mi guardava. Diamine, mi stava facendo da babysitter, così che la finissi con quella storia e potessimo tornare da Hailey. Era stato molto chiaro sul fatto si era dovuto fare una sega nella doccia invece di

Piaceri tra le montagne

entrare dentro alla nostra ragazza. Gli avevo ufficialmente rovinato un orgasmo e mi sarei beccato più che una semplice ramanzina verbale se non avessi risolto quella faccenda.

Per quanto riguardava Hailey, avrei dovuto andare da lei strisciando, cazzo.

Lui era rimasto al ranch per la notte, concedendole lo spazio che aveva richiesto. Lei aveva risposto ad un suo messaggio, il che l'aveva rassicurato del fatto che stesse bene.

Gli lanciai un'occhiataccia, ma lui non fece una piega. Era il mio casino e lui era lì solamente in qualità di supporto.

Hailey aveva ragione. Dovevo affrontare mio padre. Dovevo conoscere la verità. Mi stava dilaniando, il non sapere. C'erano sette miliardi di persone nel mondo e solamente una mi stava rovinando la vita.

Volevo avere Hailey con me. La volevo in braccio a me. Sotto di me. E in qualunque altro modo avrei potuto averla. A quanto pareva, io e Lucas eravamo quelli giusti per lei. *Io* ero giusto per lei. Le davo una cosa di cui aveva bisogno, una cosa che otteneva solamente da me. E in cambio, lei dava qualcosa a me. Amore, per quanto probabilmente mi avrebbe tirato un cazzotto prima di ammetterlo, e la sua fiducia.

La sua fiducia era come una droga senza la quale non potevo vivere. Ed ecco perchè stavo tirando fuori le palle e stavo per affrontare mio padre.

Per quello, e per l'occhiataccia che mi stava rivolgendo Lucas.

«Fanculo,» esalai, poi andai verso la porta.

Si aprì prima che potessi bussare.

Mi si mozzò il fiato mentre scorgevo davvero l'uomo che

mi aveva creato per la prima volta da quando avevo avuto nove anni. C'erano state delle immagini di lui che lasciava la stazione di polizia, la sua foto segnaletica. Sapevo che era invecchiato, ma adesso... sembrava avere una decina d'anni in più dei suoi cinquantacinque. Me lo ricordavo coi capelli scuri – una cosa che avevo preso da lui – ma adesso erano bianchi. Più radi. Il suo volto aveva delle rughe profonde come se fosse stato uno che si fumava un pacchetto di sigarette al giorno. Aveva le palpebre pesanti, gli abiti troppo grandi per la sua stazza. Avevo anche preso l'altezza da lui, ma le sue spalle erano curve.

Quello era il guscio dell'uomo che era stato un tempo.

«Ti ho sentito accostare.»

Certo che ci aveva sentiti. Non c'era nessun altro nei dintorni. Non si poteva non notare il rumore del mio pickup a meno che non si fosse morti.

«Perchè l'hai fatto?» chiesi. Volevo delle risposte e volevo andarmene.

«Entra,» mi offrì, facendo un passo indietro. Tutto ciò che riuscivo a vedere dell'interno della casa era arredato in maniera scarna. Vecchia.

«No. Resto qui.»

Non volevo entrare nella sua casa, nella sua vita. Volevo solamente delle risposte.

Lui mi rivolse un leggero cenno comprensivo del capo.

«Perchè l'hai fatto?» ripetei.

Lui si grattò la testa ed io osservai della forfora cadergli come neve sulla felpa grigia.

«Abbandonare tua mamma?»

C'erano così tante cose che volevo sapere, ma erano passati diciotto anni. Troppo tempo. La mamma non c'era più, ormai. Che importanza aveva?

«Perchè hai detto di aver ucciso Erin Mills?»

«Pensavo volessi sapere perchè ti ho abbandonato.»

«Bene, dimmelo.»

Mi sentivo stupido a starmene lì in piedi sulle sue scale d'ingresso. Probabimente sembravamo stupidi, con lui che lasciava uscire tutta l'aria calda da casa.

«Il mulino aveva chiuso. Avevo perso il mio lavoro. Non c'era più nulla che potessi fare a Cutthroat. Ho cominciato a bere. A giocare d'azzardo. Diciamo soltanto che ho perso più di quanto abbia guadagnato.»

Io emisi un buffo verso, come una risata, ma non era divertente. «Tutte le stronzate che ha dovuto sopportare la mamma sono dovute tutte a delle scuse che ti ci sono voluti due secondi a raccontare.»

Non ero minimamente compassionevole.

«Era complicato.»

«Era la vita,» ribattei io. «Avevi una moglie, un figlio. Avresti dovuto tirare comportarti da adulto. Trovarti un lavoro al cazzo di supermercato vicino all'autostrada.»

Lui assottigliò gli occhi scuri e il mio cuore perse un battito, perchè riconobbi quello stesso gesto in me stesso. «L'ho fatto. Mi sono comportato da adulto. Vi ho lasciati andare. Non ne valevo la pena.»

«Ha fatto due lavori. *Due.*»

Lui annuì. «Lo so.»

«Ha lavorato fino ad ammazzarsi.» Gli puntai addosso un dito, poi lasciai ricadere il braccio. «E tu... tu sei ancora vivo.»

Lui strinse le labbra, ma non disse nulla.

«Perchè hai detto di aver ucciso Erin Mills?»

«Sei tu a chiedermelo o è Lucas?» Indicò lui con un cenno del mento.

«Tutti nel Montana se lo stanno chiedendo. Immagino di avere il diritto di saperlo più di chiunque altro.»

«Mi sono comportato da adulto.»

Io lo fissai, in attesa di altro. «Che cazzo vuol dire?»

Lui scrollò le spalle ossute.

«Tutto qui? È tutto ciò che hai da dire?»

«È tutto.»

Io feci un passo indietro, fissando quell'uomo. Era un estraneo per me.

«Non hai nient'altro da aggiungere.»

Lui sbattè le palpebre una volta, poi un'altra. «Cyrus, non mi crederai, ma sono fiero di te. Ti ho seguito, ti ho guardato diventare un uomo. Un *brav'*uomo.»

Mi si strinse il cuore. Non per l'estraneo che avevo di fronte, ma per il padre che era scomparso, che avevo sperato di aver avuto. Che non era mai esistito.

«Grazie alla Mamma.»

Gli scese una lacrima sulla guancia avvizzita e lui la tirò via. «Tutto grazie a lei. Potrai anche assomigliare a me, ma l'aspetto non è tutto. Tu hai il suo cuore. La sua anima.» Si schiarì la gola. «Addio, Cyrus.»

Si spostò, poi chiuse la porta.

Io la fissai, rendendomi conto che non avevo ottenuto nulla da lui. Ancora non avevo idea del perchè avesse sostenuto di aver ucciso Erin. Lanciandomi un'occhiata alle spalle, guardai Lucas. Non si era mosso. Avrei dovuto battere alla porta, costringerlo a dirmelo? Era debole e patetico. Gli avrei tirato fuori le parole di bocca in un attimo.

Avevo detto il mio addio. Non era affatto come avevo sperato che sarebbe stato. Ancora trentasettenne e pieno di vita, innamorato di mia madre, un padre per me. Non era più quell'uomo da molto tempo.

Piangevo la perdita del padre che era scomparso, ma non volevo l'uomo che era diventato. Mia madre se l'era cavata meglio senza di lui. Forse lui lo sapeva e si era tenuto alla larga.

Girai i tacchi, tornando al mio furgone.

«Be'?» chiese Lucas.

Io scossi la testa. «Non ha voluto dirmelo.»

Non avevo intenzione di dire al mio migliore amico che mio padre mi aveva detto di aver falsamente confessato di aver ucciso sua sorella perchè si era *comportato da adulto*. Che cazzo voleva dire?

«Non vuoi scoprirlo?» mi chiese lui.

Io mi passai una mano sulla barba, sospirando. «Se vuoi, posso buttare giù la porta e farlo parlare.»

Lucas guardò la casa. «Voglio saperlo. Cazzo se lo voglio. Ma qui si trattava di te. Di dire addio, o perdonare, o qualche altra stronzata del genere.»

Io aprii la portiera, il mio sguardo che superava Lucas per osservare la casa. «Non c'è nulla lì. L'ho perso anni fa.»

Era vero. Solo che non me n'ero reso conto. Dennis Seaborn per me era morto quando avevo avuto nove anni. Solo che non l'avevo seppellito. Adesso sì.

«Quello è un cazzo di addio.»

12

Hailey

Cy aveva ragione. Dovevo affrontare i miei problemi. E avevo sfruttato lui e Lucas come un modo per ritardare l'inevitabile. E l'avevo fatto con loro, sfruttandoli per rimandare. Quando la cosa fosse passata da un po' divertimento a qualcosa di più, non ne avevo idea. Forse era successo la prima volta che avevo visto Lucas alla corsa nel fango. Forse era stato quando io e Cy eravamo stati attaccati da quella stronza di una puzzola. Forse era una cosa che era cresciuta fin da subito. Non solo avevo ottenuto esattamente ciò che avevo voluto, divertirmi alla follia con due uomini, ma avevo ottenuto esattamente ciò che non avevo voluto.

Amore. E la cosa mi spaventava a morte. Abbastanza da farmi allontanare. Da farmi scappare via. Evitare il problema. Di nuovo.

Sin da quando avevo detto loro di voler abbandonare le gare, non avevo cambiato idea. Certo, era passata solamente una notte, ma sapevo che quella decisione era definitiva. Avrei comunque sciato, quello non sarebbe cambiato, ma non avrei più gareggiato.

Non glielo avevo detto, ma avevo perso il coraggio. Quell'incidente era stato brutale e per appianare la differenza tra il vincere e l'ottenere qualcosa come un ottavo posto – per cui a volte bastava meno di un millesimo di secondo – bisognava mettersi completamente in gioco.

Io non potevo più farlo. Non *volevo*. Non se voleva dire rischiare tanto.

Ero stata fortunata ad aver avuto bisogno solamente di un intervento al ginocchio.

Nonostante mi fossi decisa, non ero comunque entusiasta all'idea di dirlo a Mark. I miei genitori erano stati tranquilli quando li avevo chiamati. Loro capivano. Forse erano felici che lasciassi perdere perchè avevo avuto un incidente tanto terribile che aveva scosso anche loro.

Mi volevano felice, ma mi volevano anche viva e vegeta.

Mark non ci rimetteva la pelle quando si trattava della mia carriera. Se non altro non fisicamente. Io ero la sua gallina dalle uova d'oro e la sua determinazione non riguardava me, ma sè stesso.

Se avessi chiuso, avrebbe perso la sua parte di guadagno. Avrebbe perso il riconoscimento di essere l'allenatore di una campionessa. Il legame con gli sponsor, con gli atleti professionisti di tutto il mondo. Io ero il suo buono pasto.

Era arrivato il momento di vivere la mia vita per me stessa, non per un sogno che avevo avuto sin da bambina, non perchè volessi essere come mia mamma.

Io volevo essere me stessa. E se fossi stata del tutto onesta, volevo stare con Cy e Lucas. Per più che semplice divertimento.

Per quanto riguardava un lavoro, avevo un'idea. Volevo

condurre alcune delle gite di gruppo per l'associazione no profit di Lucas. Gite sugli sci. Che si trattasse di semplici escursioni in giornata sul Monte Cutthroat o gite invernali in campeggio dove avremmo fatto sci di fondo nelle zone più isolate. In ogni caso, mi sembrava la cosa ideale. Divertente. Tranquilla. E con gente alla quale sarebbe potuto effettivamente servire il mio aiuto e la mia guida.

Forse avrei perfino potuto insegnare ad alcuni bambini a sciare al resort perchè mi ricordavo come fosse scoprire per la prima volta l'euforia del fiondarsi giù per una montagna, anche se si fosse trattato delle piste facili meno ripide.

Avevo mandato un messaggio a Lucas. Non ce l'avevo con lui, avevo solamente paura di ciò che amarlo significava. E non era colpa sua se Cy alle volte era uno stronzo. Ero sorpresa del fatto che mi avesse concesso un po' di spazio, che mi avesse permesso di prendermelo, di riflettere. Lo svantaggio di avere due uomini nella mia vita era che non avevo molto tempo per me. Per sbollire. Per bere più vino di quanto avrei dovuto.

Lui sapeva che mi sarei vista con Mark quel pomeriggio, era d'accordo col fatto che ci saremmo trovati a casa sua. Sapevo che Mark se la sarebbe presa e non avevo bisogno che facesse una scenata in un ristorante o un altro luogo pubblico.

Una volta che fosse tutto finito, sarei andata al ranch. Avrei risolto le cose con Cy. Non lo *odiavo*. Al contrario. Lo amavo. Davvero. Una pazzia, decisamente, ma io ero pazza di lui.

Avremmo discusso all'infinito, decisamente più di me e Lucas. Ma ne valeva la pena. E se lui non avesse mai voluto affrontare suo padre, non lo biasimavo. Io che evitavo Mark e lui che si teneva alla larga dall'uomo che lo aveva abbandonato da bambino per poi prendersi gioco della famiglia di Lucas era tutta un'altra cosa.

Il campanello suonò ed io sorrisi, determinata a portare avanti il mio piano, impaziente di tornare al ranch e dai miei uomini. Di sistemare le cose con loro. Dio, il sesso riparatore che avremmo fatto!

Ero finalmente impaziente di parlare con Mark, di farla finita, così da poter voltare pagina nella mia vita.

«Ciao,» dissi quando aprii la porta per il mio allenatore.

Lui sollevò il mento in cenno di saluto ed entrò. Non lo vedevo dalla corsa nel fango, il giorno in cui avevo conosciuto Lucas. Sembrava lo stesso, forse la sua abbronzatura era un po' sbiadita.

Indossava la sua solita uniforme di pantaloni della tuta e maglione di lana. Era sulla trentina, attraente, per quanto non mi fosse mai interessato. Aveva gareggiato alle Olimpiadi, nonostante non fosse mai arrivato sul podio. Non ci si era mai nemmeno avvicinato.

«È qui che convivi adesso?» chiese guardandosi attorno. Nonostante tutti i soldi della famiglia di Lucas, quel posto era piuttosto tranquillo. La casa di un vecchio minatore dei primi anni di Cutthroat. Chiaramente l'aveva ristrutturata da allora, ma era ancora una piccola dimora con due camere da letto. Niente garage. Niente piscina o solarium nè nessuna delle altre cose di lusso che avevano i suoi genitori in casa loro. Mi aveva detto che sopravviveva con i soldi ricavati dall'associazione no profit, non con il suo fondo fiduciario.

«Esatto,» risposi. Non c'era motivo di aggiungere altro, di dirgli che non convivevo.

Lui battè le mani una volta. «Okay, ti sei presa un po' di cazzo, adesso è il momento di riportare la testa in gara.»

Io mi raggelai di fronte alle sue parole rozze. «Scusami?»

Lui rise e sollevò una mano. «Lo capisco. Credimi, capisco. Ma ti sei divertita. Per come la vedo io, puoi farti Lillehammer come riscaldamento, dopodichè saremo pronti per Wengen per Gennaio.»

Dio, quando diceva lui la parola divertita, sembrava tanto oscena. Era quello che avevano pensato Lucas e Cy quando l'avevo detto io?

«Mark, ascolta,» esordii.

Lui sollevò una mano. «Non dirmi che hai chiuso.»

«Ho chiuso.»

Ecco, l'avevo detto. Poteva anche andarsene, adesso, ed io sarei potuta andare al ranch a prendermi un altro po' di quel cazzo che diceva che mi aveva distratta.

Forse era stato così, ma sembrava che mi fosse servita un po' di distrazione, e che ne avessi bisogno per il resto della mia vita.

«Stai scherzando, cazzo?» urlò lui.

Io indietreggiai di fronte a quell'improvviso passaggio dal suo tono solitamente appena un po' aggressivo alla rabbia. Il suo volto arrossì e una vena gli pulsò sulla tempia. Non fece che attirare il mio sguardo sulla sua attaccatura dei capelli che stava arretrando.

«No, ho chiuso. Mi dispiace, Mark, ma quell'incidente mi ha finita.»

Lui mi guardò la gamba, come se fosse stato in grado di vedermi il ginocchio attraverso i jeans. «Hai detto che riuscivi a muoverlo quasi del tutto e che eri stata autorizzata a tornare a sciare.»

«È così.»

«Allora andiamo.» Si indicò alle spalle con un pollice in direzione della porta. «Possiamo arrivare ai campionati di inizio stagione entro domani mattina.»

Io scossi la testa ed indietreggiai di nuovo, andando a sbattere contro il divano.

«Ho detto di no. Ho chiuso. Tu puoi andare alle gare di inizio stagione, ma io non vengo con te.»

Lui assottigliò lo sguardo e avanzò verso di me. «Brutta stronza spocchiosa. Sono il tuo allenatore. Non decidi tu quando hai chiuso, lo decido io.»

Avrei dovuto prendermela con lui come avevo fatto con Cy per avermi trattata con tale arroganza. Con Cy, non avevo paura. Non temevo che mi potesse fare del male. Ma Mark, in quel momento? Ce l'avevo col modo in cui mi stava parlando, ma avevo più paura di lui.

«Sin da quando hai incontrato quel ricco figlio dei Mills, sei sparita.»

Io feci un passo alla mia destra, allontanandomi dal divano e da Mark. «Mi sento così da molto prima di aver conosciuto Lucas.»

«Fidati, so che cosa vuol dire scoparsi un Mills. Proprio una bella cosa. Ma non dura.»

Io lo fissai. Cosa? *Cosa*? Si era scopato Lucas? Di che diavolo stava parlando?

Poi capii e andai nel panico. Porca puttana. Non stava parlando di Lucas. Stava parlando di Erin. Si era scopato Erin Mills.

«Adesso devi andartene,» dissi, cercando di superarlo per arrivare alla porta così che uscisse.

Invece, lui mi afferrò per un braccio, scuotendomi fino a farmi sbattere i denti.

«Oh no, non abbiamo finito, Hailey. Abbiamo appena iniziato.» Se l'era scopata. L'aveva fatto arrabbiare? Oddio, era stato lui ad ucciderla?

Il colpo che mi arrivò in faccia mi fece vedere le stelle.

LUCAS

CI TROVAVAMO al ristorante per un pranzo in ritardo. Io avevo già decimato il mio hamburger e stavo pigramente spiluccando le mie patatine. Non ci eravamo detti molto durante il tragitto fino in città. Cy era assorto nei propri pensieri. Aveva parlato con suo padre per la prima volta in quasi vent'anni. Era una cosa da elaborare.

«Sei troppo tranquillo, cazzo,» disse lui, guardandomi dall'altra parte del tavolo. La cameriera gli rabboccò il tè freddo e lui la ringraziò.

Ci trovavamo in uno dei tavolini sul retro. Riuscivo a vedere fuori nel parcheggio, che si stava rapidamente svuotando dal momento che era passata l'ora di punta del pranzo.

Io gli lanciai un'occhiata e feci spallucce. «Che altro posso fare?» Mi lanciai una patatina in bocca.

I suoi occhi scuri si accesero, non di passione, ma di rabbia. «Rubami il furgone e torna a casa di mio padre, fallo parlare.»

Era un'idea allettante, una su cui avevo riflettuto più di una volta da quando ce n'eravamo andati.

«Non è stato lui ad uccidere Erin,» dissi. «La foto della telecamera di sorveglianza al semaforo che la ritrae ha mandato a monte la sua versione dei fatti. Era ancora viva quando lui ha detto di averla uccisa. Per quanto abbia fatto una stronzata a farsi avanti, non è stato lui. Preferirei concentrare la mia attenzione sul trovare chi è stato veramente.»

Lentamente, lui scosse la testa. «Cristo, solo per una

volta vorrei vederti perdere la pazienza e staccare la testa a qualcuno.»

Io non potei fare a meno di sogghignare a quell'immagine. Ero tranquillo e lui l'aveva sempre odiato. In confronto, lui era come un toro in un negozio di porcellane. Scattava per nulla e, dovevo ammettere, quando eravamo andati a vedere suo padre mi ero aspettato di ritrovarmi a dover nascondere un cadavere prima di andarcene. Forse si era reso conto che, a prescindere da quanto avrebbe voluto, suo padre non ne valeva la pena.

«Sono sicuro che succederà, prima o poi.»

Il mio cellulare squillò ed io lo sollevai dal tavolo. «È Nix.»

Cy si rizzò a sedere. Se il detective mi telefonava voleva dire che sapevano qualcosa. Lanciai un'occhiata allo schermo.

«Vuole sottopormi dei nomi.»

Ciò significava che non avevano trovato l'assassino di Erin. Scrissi una risposta, facendogli sapere dove fossimo. Osservai i puntini sullo schermo mentre lui digitava a sua volta.

«Sta venendo qui,» dissi a Cy, posando il cellulare e prendendo un'altra patatina.

«Hai sentito Hailey?»

Io cercai di non sogghignare, ma era difficile. «Sembri una ragazzina di seconda media.»

Lui sorrise. «Ho fatto un casino e adesso mi chiedo se non abbia rovinato tutto irrimediabilmente.»

«Ne dubito. Non è una donna superficiale. Un piccolo litigio non la terrà a distanza. Ti ama. Ama me. *Noi*, anche se non l'ha ancora detto.»

«Tu credi?»

Io inarcai un sopracciglio. Decisamente una ragazzina di seconda media.

Lui sospirò, rendendosi conto di come si stesse comportando. Era rassicurante sapere che gli importava di lei. L'avevo visto fin da subito e adesso era palesemente alla sua mercè.

«Dubito che sarà l'ultima volta che litigheremo.»

Io risi. «Voi due sarete sempre delle teste di legno. Volevi davvero qualcuno di mite e pacato?»

Lui lanciò un'occhiata fuori dalla finestra, pensandoci. «La sua sottomissione è ancora più dolce quando me la concede.»

Mi venne duro al ricordo di come si lasciasse semplicemente andare per lui. Di che aspetto avesse avuto quel plug infilato tra le sue perfette natiche.

«Si sta vedendo col suo allenatore. Aspetteremo che ci scriva una volta finito l'incontro, poi andremo a prenderci la nostra ragazza. A celebrare la sua decisione.»

«Volevi che gareggiasse?» mi chiese lui.

«Il video dell'incidente...» Rabbrividii al ricordo. «Cazzo, non voglio che le succeda di nuovo. Ma poi guardo i video delle altre sue gare, di quando raggiunge il traguardo per prima. La... l'esuberanza e l'euforia sul suo volto. È fantastica. Le starò accanto qualunque cosa voglia fare, ma probabilmente mi verrebbe una cazzo di ulcera se tornasse là fuori.»

Lui bevve un sorso del suo tè. «Non mi dire.» Indicò il parcheggio. «È arrivato Nix.»

Aveva fatto in fretta. Non ci trovavamo distanti dalla stazione di polizia, ma avrebbero dovuto aver bisogno di accendere le sirene per arrivare tanto in fretta. Dovetti immaginare che si fosse già trovato nel SUV quando mi aveva scritto.

Nix si avviò verso l'ingresso del ristorante con la sua partner, Miranski. L'avevo già vista un paio di volte, la prima appena dopo che Erin era stata uccisa. Era alta e slanciata con dei lunghi capelli scuri. Avrei detto che fosse carina, ma era anche seria, il che probabilmente era importante nel suo lavoro. Avrei anche detto che fosse motivata, proprio come Hailey, ma in modo completamente diverso. Miranski era motivata ad assicurarsi che l'assassino di mia sorella finisse dietro le sbarre ed io la rispettavo per quello.

Lei e Nix erano ottimi detective, ma avevano tra le mani un caso difficile. Non solo non c'erano stati altri indizi dopo che si era scoperto che il padre di Cy aveva mentito, ma subivano un sacco di pressione da parte dei media, del sindaco e perfino dei miei genitori sullo scoprire chi fosse stato. Le piccole città e gli assassini a piede libero non erano una bella combinazione.

Fermandosi nell'ingresso, si guardarono attorno, poi ci trovarono. Miranski si diresse verso di noi, ma Nix si fermò a salutare Kit, la sua ragazza, che faceva la cameriera lì. Serviva i tavoli dall'altra parte del ristorante, ma riuscii a vederlo chinarsi e darle un bacio sulla fronte. Lei gli disse qualcosa e lui sorrise, poi le accarezzò i capelli prima di dirigersi verso di noi.

Io le avevo rivolto un semplice cenno di saluto con la mano quando eravamo entrati. Non eravamo in confidenza, ma non ci detestavamo nemmeno. Eravamo stati importanti l'uno per l'altra in passato, ma quell'epoca era finita da tempo. Ero felice che avesse Nix, adesso. E anche Donovan. Si meritava di essere felice.

Ci alzammo quando Miranski si fermò davanti al nostro tavolo. Aveva una cartellina infilata sotto il gomito.

Io allungai un braccio così che capisse di doversi sedere per prima. Si infilò nel divanetto ed io presi posto accanto a lei. Nix ci raggiunse. Strinse la mano a Cy, poi a me. Cy prese posto sul divanetto, con Nix che lo seguiva.

«Che cos'avete da farmi vedere?» chiesi, per nulla entusiasta di fare conversazione. Non quando era stato Nix a cercarmi.

Miranski posò la cartellina sul tavolo e la aprì. «Le impronte da casa di Erin. Volevo sottoporti alcuni dei nomi che sono saltati fuori dalla ricerca. Per vedere se ne conosci qualcuno.»

«Per escluderli?»

Nix fece spallucce. «Forse, o magari, se non li conosci, per includerli nelle indagini.»

«Io ed Erin non frequentavamo le stesse compagnie. Non eravamo affiatati,» li avvertii.

Miranski annuì. «È una città abbastanza piccola.»

Quello era vero.

«C'erano impronte di Erin. Anche di Kit.»

Nix annuì, ben consapevole del legame della sua donna con l'omicidio. Era stata esonerata, ma fino a quando non si fosse trovato il vero assassino, la gente si sarebbe fatta delle domande sul suo conto.

«Sono comparse le impronte dei tuoi genitori.»

«Avevano un legame più stretto con lei che con me.»

«Una donna delle pulizie che è stata scagionata.»

Passò la cameriera a portarci due bicchieri di acqua e ghiaccio per i detective. Loro rifiutarono alcun cibo e lei se ne andò.

«Qui ci sono altri nomi. Tom Clinke.»

Io mi accigliai. «Non era un anno dietro di noi a scuola?» chiesi a Nix.

Lui annuì. «Lavora al concessionario.»

«Lo conosco perchè siamo andati a scuola insieme, ma

non so come potesse conoscere Erin. Ci è uscito insieme, magari?»

«È ciò che ha detto lui, ma volevo sentire la tua versione,» aggiunse Miranski. «Che mi dici di Aiden O'Connell, Reed Parker o Mark Bastion?»

Io scossi la testa, poi mi fermai, guardando Cy.

«Hai detto Mark Bastion?»

Sia Miranski che Nix si misero sull'attenti alla mia domanda. Miranski annuì.

«Fa l'allenatore di sci,» disse Cy.

«Esatto,» replicò Miranski dopo aver dato un'occhiata ai propri appunti.

«Non ho mai sentito parlare degli altri due, ma Mark Bastion è l'allenatore di Hailey.»

«Hailey chi?» chiese Nix.

«Hailey Taylor, la discesista?» chiese Miranski.

«E la nostra donna,» dissi io, guardando Cy.

«Avete trovato le sue impronte a casa di Erin?»

«Sì,» confermò Nix. «Che succede?»

«Mark Bastion conosceva Erin. Abbastanza bene da entrare in casa sua,» dissi io.

«Quando si sarebbero conosciuti?» si domandò Cy. «Erin sciava, ma non gareggiava.»

Io scossi la testa. «Le piaceva comprare le tute da sci più eleganti. Era decisamente una groupie di montagna.» Esitai. «Aspettate. Le ho detto della corsa nel fango, dell'evento di beneficenza sul Monte Cutthroat lo scorso mese dove ho conosciuto Hailey. Erin potrebbe esserci andata. Averlo conosciuto lì. Non avrebbe sicuramente corso, non se c'era di mezzo del fango. Potrebbe averlo conosciuto durante l'evento stesso quando io ero in pista. Io stavo con Hailey, per cui nemmeno lei li avrebbe visti insieme.»

«Quell'evento si è tenuto prima che venisse uccisa, giusto?» chiese Miranski.

«Una settimana o giù di lì.»

I detective si guardarono. «Magari si sono conosciuti in montagna, sono tornati in città, hanno avuto una storia. Le cose sono precipitate.»

«Porca puttana,» disse Cy, spingendo via Nix per alzarsi dal divano.

«Cosa? Che succede?» chiese lui mentre si spostava.

«Hailey è con lui adesso. È venuto qui per portarla ad un allenamento di precampionato, ma lei gli sta dicendo che ha chiuso con le gare. Ha detto che è piuttosto aggressivo, ed era preoccupata di dirgli che voleva smettere di competere.»

Mi alzai anch'io, capendo dove volesse arrivare. «Mark Bastion è sulla vostra breve lista dei sospettati per l'omicidio di mia sorella. Le sue impronte erano sulla scena del crimine. E lui è con la nostra ragazza in questo preciso momento, cazzo.»

Cy corse verso la porta, attirando un sacco di attenzione. Io lo seguii assieme a Miranski. Nix si fermò a parlare con Dolly, poi ci raggiunse fuori.

«Dove si trovano?» mi chiese.

«A casa mia.»

«Seguiteci, abbiamo le sirene.»

Io corsi verso il furgone, dicendo a Cy, «Non sarà necessario.»

«Eccome, cazzo. Hailey è con un assassino. Porca puttana.»

13

Hailey

Indietreggiai, portandomi una mano al viso. Non ero mai stata picchiata prima, ma ero caduta giù da una montagna più di una volta. Avevo battuto la testa, nonostante indossassi un casco. Il dolore del pugno di Mark fu intenso, ma fu più la sorpresa a immobilizzarmi.

«Ora tu vai a mettere via le tue cose. Tutte, perchè non tornerai qui fino a quando la stagione non sarà finita.»

Io feci un passo indietro, poi un altro.

«Muoviti!» urlò lui.

Trasalii, poi feci quello che aveva detto, andai in camera di Lucas. Non avevo alcuna intenzione di obbedirgli, ero solamente felice che mi avesse permesso di allontanarmi da lui. Non mi aveva mai picchiata prima, non si era mai arrabbiato così tanto, ma avevo sempre saputo che era in grado di scattare per nulla. Non a quel modo, però. Dio, chi era quell'uomo?

Mi faceva male la guancia e riuscivo a sentirla cominciare a gonfiarsi. Non sarei andata con lui. Col cazzo. Ma dovevo allontanarmene e non l'avrei fatto dalla porta d'ingresso. Andai nel bagno di Lucas, chiusi la porta a chiave e mi infilai nella vasca. Perchè, non ne avevo idea, ma era il più lontano che potessi andare. Avevo bisogno di aiuto, ma cazzo, il mio cellulare era in cucina!

«Hailey!» urlò Mark, poi battè sulla porta. Io sussultai e mi strinsi alla tendina della doccia. «Che cazzo ci fai lì dentro?»

«Vado in bagno prima di partire,» risposi. «Dammi un paio di minuti.»

Forse pensava che non potessi sfuggire dal bagno. Forse pensava che lo schiaffo fosse bastato a rimettermi al mio posto. Col cavolo. L'esatto opposto, in realtà.

Non potevo nascondermi nella vasca. Ne uscii, guardai la piccola finestra sopra al gabinetto. Aveva una patina opaca che impediva a chiunque di guardare dentro. Niente finestre. Era piccola, ma io ero abbastanza minuta da poterci passare. Per fortuna, la casa di Lucas era a un piano solo. Aprii l'acqua nel lavandino per attutire il rumore delle mie azioni, poi sbloccai la maniglia e aprii il telaio a ghigliottina. Per fortuna, Lucas aveva sostituito le vecchie finestre con delle nuove. Erano migliori nel prevenire le fughe di calore e, fortunatamente, anche nell'apertura e nella chiusura.

Salendo sul coperchio del gabinetto, infilai fuori le braccia, poi la testa.

«Hailey!» gridò Mark.

«Solo un minuto,» risposi ad alta voce. Posando le mani sulla parte esterna della casa, mi tirai su, facendo passare il resto del busto attraverso la finestra. Piegandomi di lato, tirai fuori un fianco, poi mi chinai verso il basso e misi le mani avanti quando caddi di qualche metro sul terreno del giardino sul retro di Lucas.

Saltai su e corsi verso il cancello laterale. In lontananza si sentirono delle sirene, che si fecero sempre più forti man mano che si avvicinavano. Sentii delle gomme stridere in frenata mentre facevo il giro della casa e guardai delle persone correre sul prato di Lucas, pistole spiegate.

Da dentro si sentiva qualcuno urlare.

«Dov'è lei?»

Conoscevo quella voce. Lucas.

Oddio, sapevano che ero con Mark. Ma perchè la polizia? Io non li avevo chiamati.

Corsi fino alla parte frontale della casa e tornai dentro. Tutti si voltarono a guardarmi.

«Hailey,» disse Cy, afferrandomi e attirandomi a sè. Era più vicino di Lucas e mi raggiunse per primo. Lucas si unì a lui, accarezzandomi i capelli.

«Dov'eri?»

«Io... sono uscita dalla finestra del bagno.»

Una poliziotta in borghese uscì dalla camera da letto di Lucas. Indossava dei jeans e una maglia a collo alto nera, con un distintivo alla cintura e una fondina sul fianco. «La casa è vuota, la porta del bagno è chiusa a chiave.»

Guardò me.

«Perchè cazzo sei dovuta uscire dalla finestra del bagno?» chiese Lucas.

«Lui... mi ha picchiata. Non era felice del fatto che volessi mollare. Mi stava costringendo ad andare ad allenarmi con lui.»

Cy mi scostò quel poco che bastava affinchè lui e Lucas potessero guardarmi in volto. Le loro espressioni passarono da preoccupate ad omicida nel giro di un attimo.

Lucas si voltò di scatto e si gettò contro Mark, che se ne

stava in piedi nel bel mezzo del salotto, ammanettato. Con le braccia dietro la schiena, poté solamente voltare la testa per difendersi, ma non bastò ad evitare il forte pugno di Lucas. La sua forza lo fece cadere sul tavolino da caffè, per poi crollare a terra con un gemito.

Un altro detective afferrò Lucas, tirandolo indietro. Grande, grosso, con le spalle ampie e i capelli scuri. «Vacci piano, pugile.»

«Nix, ha picchiato la mia donna,» ringhiò Lucas. «E ha ucciso mia sorella, cazzo.»

La poliziotta afferrò Mark per un braccio e lo tirò in piedi, per quanto lui barcollò un paio di volte. Gli sanguinava il naso e aveva il respiro pesante. Aveva i capelli scompigliati e i pantaloni strappati.

«Ucciso tua sorella? Sei pazzo?» urlò lui. «Non l'ho uccisa io!»

«Hai messo le mani addosso ad Hailey.» Lucas battè un dito sul petto di Mark. «Dimostra che non ti fai problemi a fare del male ad una donna. E poi, conoscevi mia sorella. Sei stato a casa di Erin. Le tue impronte non mentono.»

«Non la *conoscevo*,» replicò Mark, il suo sorriso macchiato di sangue. «Abbiamo solamente scopato dopo l'evento della corsa nel fango sul Monte Cutthroat.»

Lucas scattò di nuovo in avanti. O il grosso detective era debole, o gli permise di colpire di nuovo Mark. Ero più propensa per l'ultima opzione. Con un pugno ben assestato, Mark crollò di nuovo, proprio sul tavolino da caffè con un grugnito.

«Sono felice che tu abbia saltato mio padre e ti sia risparmiato per lui,» gli disse Cy. «Bel colpo.»

Un agente di polizia entrò dalla porta e quando il tipo che Lucas aveva chiamato Nix lo vide, tirò nuovamente Mark in piedi e lo spinse verso di lui. A parte il naso che sanguinava, gli si stava rapidamente gonfiando un occhio. Ce l'avrebbe avuto nero nel giro di un'ora.

«Portalo dentro per aggressione e omicidio,» disse Nix.

«È stato lui a colpirmi. Quel bastardo mi ha colpito mentre avevo le mani dietro la schiena.»

«Io non ho visto nulla,» disse Nix. «E tu, Miranski?»

«No. Proprio come lui non conosceva Erin Mills.»

«Merda. Aspettate! Non ho ucciso Erin,» disse Mark, col respiro affannato e piegando la testa per sfregarsi via il sangue dal volto sulla spalla.

«La interrogheremo alla stazione di polizia dopo che avrà letto i suoi diritti.»

«Non avrei potuto ucciderla. Ero in Canada.»

Lucas si immobilizzò, lanciando un'occhiata a Cy e poi a me. Nix tenne lo sguardo fisso su Mark, scrutandolo forse per capire se stesse mentendo. Era piuttosto difficile fingere di essere stato in un altro paese. C'erano dei biglietti aerei da rintracciare. I passaggi alla dogana.

Io feci spallucce, non conoscendo gli appuntamenti del mio allenatore, ma solo che era stato alla corsa nel fango. «È possibile.»

«Controlleremo,» disse Nix. «Leggetegli i suoi diritti prima che dica qualunque altra cosa.»

L'agente in uniforme annuì, poi si portò via Mark mentre gli recitava i soliti diritti Miranda.

«La tua faccia sta bene?» mi chiese Cy, facendomi voltare verso di lui e accarezzandomi delicatamente la pelle calda con le nocche.

«Sì. Ho subito cadute più violente dagli sci di quanto non sappia picchiare forte lui.»

Non sembrò rassicurato da quell'affermazione perchè strinse la mascella.

«Pensate che abbia ucciso Erin?» chiesi io, guardando

Lucas. Dio, avevo lasciato entrare un assassino in casa? Ci avevo lavorato accanto per anni? Mi venne la nausea al pensiero di essere stata in pericolo. «Dio, è colpa mia se si sono conosciuti? Sono stata io la ragione per cui si trovava a quella corsa nel fango.»

«Non pensarlo nemmeno, bambola. Sono stato io a raccontarle di quell'evento. Niente di tutto ciò è colpa tua. Loro sono i detective assegnati al caso. Nix e Miranski,» disse Lucas. Loro mi rivolsero un cenno di saluto col capo.

«Ha bisogno di un'ambulanza?» mi chiese Miranski.

Io mi portai una mano alla guancia. Faceva male, ma niente di grave. «No, non fa niente. Tutto ciò di cui ho bisogno è un po' di ghiaccio.»

«Abbiamo trovato le sue impronte a casa di Erin. Miranski ci ha detto il suo nome mentre tu lo stavi incontrando. È possibile che sia stato lui,» aggiunse Lucas.

«Ha detto di essere stato in Canada,» dissi io, ripetendo le parole di Mark.

Lucas fece spallucce. «Forse tutto ciò che ha fatto è stato avere una storia con Erin ed è per questo che c'erano le sue impronte là. Di sicuro ha l'impulsività necessaria per il crimine, però.» Il suo sguardo si abbassò sulla mia guancia.

Avevo sentito dire che non pensavano che fosse stato premeditato, bensì un crimine passionale, dalla foga del momento. Non avrei escluso che Mark avesse potuto farlo, ora che avevo visto chi fosse in realtà. Tuttavia, se davvero si fosse trovato in Canada...

«Andremo a fondo della questione. Quando sarà pronta, venga alla stazione e rilasci una deposizione,» disse Miranski. «Immagino che lo denuncerà?»

«Lo farà,» rispose Cy per me, e riconobbi la sua voce che indicava che non ci fosse alternativa.

Io annuii. Non avevo intenzione di permettere a Mark di

cavarsela per ciò che aveva fatto. Potevo anche aver chiuso con le gare, ma lui sarebbe passato a qualcun altro ed io non avevo intenzione di permettergli di picchiare nessun altro. «Non mi piacciono i bulli.»

Sia Miranski che Nix annuirono, poi Nix diede una pacca a Lucas sulla spalla. «Otterremo giustizia per Erin.»

Lui annuì e i detective uscirono dalla porta, chiudendosela alle spalle.

Lucas e Cy si spostarono di fronte a me, toccandomi, come se non riuscissero ad averne abbastanza.

«Mi dispiace,» dissi io, avendo bisogno che sapessero che cosa provavo. «Mi sbagliavo... non era solamente divertimento.»

«Ssh,» disse Cy. «Andrà tutto bene. Ne parleremo più tardi. Andiamocene da qui.»

«Già, non posso stare qui adesso, non sapendo che cosa ha fatto,» aggiunse Lucas.

Andò in cucina, aprì il freezer e ne tirò fuori un pacco di piselli surgelati, poi prese un canovaccio dalla maniglia del forno.

«Ecco.»

«Mi dispiace di essermene andata via così ieri,» dissi io, portandomi il pacco avvolto nello straccio sulla guancia. Feci una smorfia di fronte a quel freddo. «Mi sbagliavo, e voglio che sappiate ciò che provo. Ciò che provo *veramente*.»

L'attacco di follia di Mark mi aveva fatto rendere conto di che cosa avessi con Lucas e Cy. Quanto fossi stata stupida ad allontanarli. Egoista. Avevo avuto paura di innamorarmi perchè mi avrebbe fatto male rimanere col cuore spezzato. Allontanarmi da loro, però, negare ciò che provavo per loro, ciò che condividevamo, era ancora peggio. Non ero l'unica con dei problemi.

Lucas ne aveva un sacco. La sindrome da stress post

traumatico che gli faceva venire gli incubi, o peggio. Dei genitori crudeli e potenzialmente pazzi. Una sorella che era stata uccisa e un assassino a piede libero. Aveva bisogno di me ed io lo avevo allontanato.

E Cy? Suo padre lo aveva abbandonato e la cosa aveva ancora effetto su di lui. Aveva dei seri problemi a fidarsi, eppure mi aveva lasciata entrare nel suo cuore, si era aperto con me in modi che immaginavo non avesse mai fatto con nessun altro. Aveva un legame stretto con Lucas, ma loro erano migliori amici. Ciò che condividevamo io e Cy era più profondo. Molto più profondo. Perchè l'avevo spinto ad affrontare suo padre? Se voleva evitare l'uomo che aveva abbandonato lui e sua mamma e che aveva ammesso tanto insensibilmente di aver ucciso Erin, allora a me stava bene. Avrei dovuto comprendere, supportarlo, non lanciargli addosso un plug anale e scappare via.

Adesso, però, non mi stavo tenendo alla larga. Non più. Avevo smesso di fuggire.

Lucas mi attirò tra le sue braccia. «Cosa provi per noi, a parte voler infilare un plug su per il culo di Cy?»

Io roteai gli occhi perchè sembrava aver avuto pensieri simili ai miei. «Io...» Deglutii, mi leccai le labbra e incrociai lo sguardo chiaro di Lucas. «Ti amo. Sin dall'inizio, credo. Da quella prima pozzanghera di fango. E tu-» Mi voltai per guardare Cy- «sin dalla puzzola.»

Lui sogghignò: quel tipo solitamente cupo e serio sembrava compiaciuto. «Dolcezza, è stato amore a prima puzzola anche per me.»

Io sorrisi, ricordandomi di quanto fosse stato terribile, di come si fosse preso cura di me per tutto il tempo. Chinandosi, lui mi baciò delicatamente. Sentii la sua barba sfiorarmi e avrei voluto sentirla da altre parti sul mio corpo.

Tuttavia, i miei pensieri sexy svanirono quando lui disse, «Sono andato a trovare mio padre.»

«Davvero?» Cacciai indietro le lacrime, pensando a lui che affrontava l'uomo che gli aveva causato tanto dolore.

«Sì. Non mi ha dato alcuna risposta, ma forse non ne stavo veramente cercando. Penso mi fossi aspettato che mi avrebbe aperto la porta l'uomo di quando avevo nove anni. Non è lo stesso. Io non sono più quel bambino. Ho voltato pagina e lui adesso è nel mio passato dove è da solo.»

Non pensavo che fosse così semplice, o che avesse del tutto superato la cosa, ma sembrava soddisfatto delle proprie parole. Per il momento, mi sarebbe bastato. Ci sarei stata per lui se la cosa lo avesse turbato. Era compito mio supportare i miei uomini.

Lucas mi attirò in un bacio. «Sai che ho pagato quello che avrebbe dovuto essere il tuo partner per la corsa nel fango così da poterti avere tutta per me?»

Io lo fissai, ricordandomi della prima volta in cui l'avevo visto quando si era presentato come il mio partner di gara. Pantaloncini della tuta e una maglietta a maniche corte con il logo della sua associazione no profit sul petto. Era la cosa più sexy che avessi mai visto.

Avevo pensato di essere stata assegnata ad un maratoneta giamaicano, ma uno sguardo a Lucas e avevo capito che non era nè giamaicano, nè un corridore esperto. Tuttavia, non mi ero lamentata, minimamente. Nè allora, nè un paio di ore più tardi quando mi aveva sciacquato via il fango di dosso col sapone, nè dopo quando mi aveva fatta venire fino a farmi dimenticare di tutto meno che del suo nome.

«Davvero?»

Lui annuì. «Ho sfruttato la fortuna dei Mills per pagarlo.»

Io non potei fare a meno di ridere. «Soldi ben spesi, secondo me.» Dio, era tutto. Anche Cy, e la cosa faceva paura.

«Ho paura di essermi innamorata,» ammisi, abbassando il pacco dal mio volto. «Non riesco a parlare con dei piselli surgelati sulla faccia.»

Cy me li prese, si avvicinò e me li premette delicatamente contro la guancia. «Ci ami?» mi chiese, il suo sguardo scuro che mi scrutava in volto come a cercarvi traccia di dubbio.

Io annuii e il pacco di piselli fece rumore. «Ma ho paura di cosa possa succedere. Di farmi di nuovo del male. Adoro sciare: è la mia vita, ma una brutta caduta e per me è finita. Sono persa senza lo sci, o lo sono stata. Fino a voi. Vi voglio entrambi nella mia vita, ma non voglio che *siate* la mia vita. E poi, se mi faceste cadere? Se finissi a terra? È per questo che vi ho allontanati, che ho cercato di mantenere le cose occasionali. Posso sopravvivere ad un altro infortunio al ginocchio, ma il mio cuore-»

«Non ti lasceremo cadere,» disse Lucas. «Il tuo cuore è al sicuro con noi, bambola.»

«Il tuo culo, però, potrebbe beccarsi una sculacciata.»

Di fronte all'avvertimento di Cy, non potei fare a meno di sorridere. «Promesso?»

«Diavolo, sì. Adesso possiamo andare al ranch?» chiese Cy. «Ho dei piani per te... e per quel culo.»

«Non voglio stare qui, non dopo quello che è successo,» concordò Lucas.

«Decisamente, il ranch,» aggiunsi io. Non mi entusiasmava l'idea di restare a casa di Lucas, non dopo quello che aveva fatto Mark e non dopo essere uscita dalla finestra del bagno. Nonostante ci sarebbero stati Lucas e Cy con me, era ancora un ricordo troppo fresco. Avevo ancora l'adrenalina a mille.

«Bene,» aggiunse Lucas. «Andiamo. Abbiamo entrambi dei piani per te.»

«Fintanto che quei piani prevedono voi due che mi prendete insieme, allora io ci sto.»

14

Y

Lasciammo il furgone di Lucas a casa sua e tornammo con il mio al ranch. Con l'auto di Hailey ancora nel garage di Mac, non ci sarebbe più sfuggita. Non che me la sarei tenuta come un pervertito, ma per una volta, ero effettivamente felice di starmene al ranch. Di evitare la gente. Di evitare il mondo. Quella volta, però, non da solo.

Io e Lucas avevamo la donna dei nostri sogni e non avevamo intenzione di lasciarla andare. In effetti, avevamo intenzione di dimostrarle esattamente quanto la amassimo. Le parole erano una cosa, ma le azioni un'altra. Specialmente ciò che avevamo in mente.

Hailey si era seduta in mezzo a noi ed era stato fottutamente difficile non metterle le mani addosso. Il pacco di piselli che teneva in volto, però, mi ricordava che non era il momento di fare cose sconce.

Ci saremmo assicurati che stesse bene, che non provasse

alcun dolore, dopodichè ce la saremmo presa e l'avremmo rivendicata.

Quando attraversammo la porta d'ingresso, lei lasciò cadere il pacco a terra e mi prese per la nuca attirandomi verso il basso per un bacio. Io opposi resistenza.

Il mio cazzo non ne fu felice, ma l'avevano picchiata. Lui poteva attendere. Avevamo tutto il tempo del mondo.

«Stai bene, dolcezza? Mal di testa?»

Lei si morse un labbro, il suo sguardo che mi scrutava in volto come se fossero passati mesi e non un giorno dall'ultima volta che mi aveva avuto.

«Starò bene se mi scoperete.»

Io lanciai un'occhiata a Lucas, che scosse la testa e sogghignò.

Io trassi un respiro profondo e lo lasciai andare. Ah, la sfacciataggine di Hailey. La adoravo. Amavo *lei*.

«Chi è che decide se verrai scopata?»

Lei strinse le labbra. «Voi due.»

Io mi passai una mano sulla barba, riflettendoci. «Esatto. Magari ci siederemo sul divano, ci tireremo fuori i cazzi e ci faremo una sega mentre ti guardiamo giocare con la tua figa.»

Lei spalancò la bocca. «Volete che ci guardiamo mentre ci *masturbiamo*?»

«Se serve a non farti venire mal di testa.»

Lei piegò la testa di lato, poi abbassò lo sguardo sulla parte frontale dei miei jeans. «Col cazzo che vuoi usare la tua mano quando hai me da scoparti.»

Io gemetti, poi mi passai una mano sulla faccia. Quella volta, fu perchè aveva ragione, perchè mi diceva sempre tutto in maniera tanto diretta, cazzo.

«Non vedi l'ora di farti sculacciare, eh?»

Lei scosse lentamente la testa. «No, sto sperando di farmi scopare.»

Lucas le andò dietro. «Cristo, bambola. Sei sicura?»

Lei spostò lo sguardo tra noi due, annuendo.

Fu tutto ciò che servì. Lucas fu più veloce di me, chinandosi e gettandosela in spalle lui. Io lo seguii in camera mia, lo guardai gettarla sul letto.

«Se ti piacciono quegli abiti, toglieli, altrimenti si rovineranno,» le dissi, tirandomi fuori la camicia dai pantaloni. Andai al comodino, ne aprii il cassetto e ne estrassi un piccolo boccettino di lubrificante, lanciandolo sul letto.

Lei smise di calciarsi via le scarpe e lo fissò, poi si mosse ancora più in fretta.

Già, lo voleva.

Fu nuda e in ginocchio sul letto di fronte a noi prima che io mi fossi anche solo slacciato la cintura. Mi fermai e mi limitai a fissarla.

«Come lo facciamo?» mi chiese Lucas.

Io presi i seni sodi di Hailey, i capezzoli gonfi che si indurivano sotto il nostro sguardo. Aveva il respiro pesante e loro si alzavano ad ogni rapido passaggio di aria. Con le ginocchia dischiuse, riuscivamo a vedere le labbra bagnate della sua figa, vogliosa, gonfia e pronta.

«Dobbiamo prepararla per bene a prenderci insieme. Lo vuoi, dolcezza? Me nel tuo culo e Lucas nella tua figa?»

Lei spostò lo sguardo tra noi due e annuì, i capelli che le scivolavano sulle spalle e lungo la schiena.

«Allora dobbiamo prepararti per bene.»

«Sono pronta,» disse lei, facendosi scorrere una mano in mezzo alle cosce. «Visto?» La sollevò, mostrandoci come fosse bagnata.

Lucas imprecò.

«Che giorno è oggi?»

Lei si accigliò, confusa. «Martedì.»

Io lanciai un'occhiata a Lucas. «Non è pronta. Riesce ancora a pensare.»

Lucas sogghignò, le si avvicinò e la baciò. «Se riesci a ricordarti più che il tuo nome, allora non sei pronta. Non preoccuparti, ci arriveremo.»

La spinse facendola sdraiare sul letto, poi le salì sopra, tenendo le loro bocche unite. Giocò coi suoi seni, la leccò lungo il collo, le prese i capezzoli uno dopo l'altro in bocca. Io lo guardai eccitarla mentre mi spogliavo. Mentre lui si sistemava tra le sue cosce e le posava la bocca su quella dolce figa, io cominciai ad accarezzarmi l'uccello, afferrandolo alla base e menandomelo, senza andare abbastanza velocemente da venire, ma abbastanza da tenermi al limite fino a quando non fosse toccato a me.

Lucas sarebbe riuscito a farla venire così e non eravamo dell'umore di fare giochetti. L'avrebbe portata all'orgasmo così che avremmo potuto passare a prendercela tra noi due.

Lei non doveva più pensare, doveva perdere la testa dalla voglia di avere i nostri cazzi dentro. Solo allora sarebbe stata in grado di prenderci entrambi nello stesso momento. Ce l'avevamo entrambi grosso e non sarebbe stato facile se non fosse stata abbastanza eccitata. Fuori di testa.

«Lucas!» esclamò lei, le sue dita che gli tiravano i capelli.

Io stavo per venire solo a guardarla che se la faceva divorare. Il modo in cui si dimenava, il modo in cui aveva gettato la testa all'indietro. L'espressione sul suo volto quando venne, i versi che emise, il modo in cui la sua pelle arrossì in maniera stupenda.

Cazzo... Mi strinsi l'uccello alla base.

Lucas sollevò la testa, ripulendosi la bocca col dorso della mano.

«Che giorno è?» chiese.

«Eh?» domandò lei, senza aprire gli occhi.

Lui si sollevò, cominciando a togliersi i pantaloni. Piegò la testa di lato, indicandomi che toccava a me.

«A quattro zampe, dolcezza.»

Lei non si mosse, per cui io afferrai un cuscino dalla cima del letto e la aiutai a girarsi. Sollevandola, le feci scivolare il cuscino sotto ai fianchi. Col culo per aria e la testa in basso, era bellissima. Lei girò la testa, aprendo gli occhi.

«Ci vuoi ancora dentro di te nello stesso momento?» Le feci scorrere il palmo su quel culo perfetto, accarezzandone la pelle setosa. Non vedevo l'ora di infilarci il cazzo dentro mentre lo afferravo, guardandone ogni singolo centimetro scoparirvi all'interno.

«Sì,» rispose lei, quell'unica parola morbida e quasi strascicata.

Lucas aveva fatto un ottimo lavoro nel riscaldarla.

Io afferrai il lubrificante e ne aprii il tappo. Con una mano, le allargai le natiche così che il liquido scivoloso le schizzasse proprio sull'ano vergine. Lo guardai stringersi a quel contatto.

Dopo aver posato il boccettino sul letto, le feci scivolare le dita tra le labbra, giocando con la sua figa. Sapevo che era sensibile per via della bocca di Lucas e che sarei riuscito a farla venire di nuovo piuttosto in fretta. Aveva il clitoride duro come una piccola perla che non faceva che bramare altro amore.

L'avrebbe ottenuto, ma nello stesso momento avrei preparato anche il suo culo.

Con un dito contro il suo ano, vi spinsi dentro il lubrificante, poi la punta del dito. A giudicare da come si contorse sul cuscino mentre giocavo con la sua figa con una mano e il suo culo con l'altra, le piacque. Un sacco.

Non ci volle molto a infilarle il dito dentro fino in fondo, per poi cominciare a scoparla in entrambi i buchi, assicurandomi che il mio pollice le stuzzicasse il clitoride, facendola venire non una, ma due volte a quel modo.

«Cy!» urlò lei, stringendo la coperta come se avesse potuto volare via.

«È pronta,» dissi a Lucas.

Lui si andò a sedere sul bordo del letto, i piedi a terra. Io presi Hailey in braccio, sudata e arrendevole, e gliela posai in grembo a cavalcioni.

«Il ginocchio sta bene?» le chiese lui, ravviandole i capelli dal viso. Riuscivo a capire perchè gli piacesse intrecciarglieli, ma non avevo intenzione di perderci tempo in quel momento.

«Sì,» sussurrò lei.

Lui la baciò, poi la sollevò, se la posizionò sul cazzo e la abbassò. Io afferrai il lubrificante e mi ci ricoprii la mano, per poi spalmarmelo su tutto il cazzo mentre li guardavo.

Lui se la prese lentamente, le permise di abituarsi ad averlo dentro. Poi la baciò, la attirò giù così da sdraiarsi sulla schiena con Hailey appoggiata al suo petto.

Con le ginocchia aperte attorno alla vita di Lucas, non potei non notare come il suo ano mi stesse ammiccando, quasi supplicandomi di entrarle dentro.

Unto e pronto, diedi un colpetto alla caviglia di Lucas con un piede e lui allargò di più le gambe, facendomi spazio. Posando una mano sul letto accanto al fianco di Hailey, io mi afferrai l'uccello e glielo premetti contro la sua apertura.

Con cautela, lentamente, mi infilai dentro di lei, allentandola, per poi premere di più fino a quando lei non sospirò. D'un tratto, la punta le entrò dentro. Non potei fare a meno di gemere a quella sensazione calda e stretta.

Hailey gemette e ondeggiò i fianchi, ma non mi fermò.

Io cominciai a prendermela di più, ad andare più a fondo, centimetro dopo centimetro fino a quando non fummo entrambi dentro di lei fino ai testicoli.

«Sei perfetta, Hailey,» le dissi, chinandomi così da mormorarle all'orecchio.

«Vi amo entrambi,» rispose lei. «Adesso scopatemi.»

Ah, quel ringhio, quella sfacciataggine.

Lasciai che la mia mano le ricadesse sul culo per una leggera sculacciata. Lei si contrasse ed io e Lucas gememmo entrambi. Rinunciai a tutto tranne che alla sensazione di lei.

Hailey venne con un grido, il suo corpo che si irrigidiva, stringendosi attorno a me e spremendomi praticamente il seme fuori dalle palle. Non sarei durato. Quale uomo sarebbe riuscito a sopravvivere allo stupendo corpo di Hailey?

Non ci volle molto prima che Lucas venisse ed io lo seguii poco dopo, a fondo dentro di lei. Ci svuotammo. La marchiammo. La facemmo nostra.

Tuttavia, non era stato necessario a dimostrare che lo fosse. Lei era sempre stata mia. Era sempre stata di Lucas. Non avevamo fatto che aspettarla.

Adesso ce l'avevamo e non avevamo intenzione di lasciarla andare.

EPILOGO

Hailey

Erano passati due giorni dallo scontro con Mark. Io e Lucas stavamo preparando la cena in cucina. Io gli avevo detto della mia idea di condurre alcuni gruppi di veterani a fare delle escursioni sugli sci, completando ciò che lui mi aveva già offerto. Non ero una consulente e non ne sapevo nulla di come aiutare chiunque con alcun genere di cura psicologica, ma sapevo sciare. Avrei potuto fare da guida e assicurarmi che tutti fossero al sicuro e si divertissero.

Lui aveva adorato quell'idea e Cy aveva concordato che sarebbe stata un'ottima aggiunta. Io e Lucas eravamo andati all'ufficio, avevamo fatto delle telefonate con gli psicologi sotto contratto e i piani di aggiungere attività sciistiche al programma invernale stavano prendendo forma.

La mia vita stava prendendo una direzione diversa, ma io ero emozionata. Sembrava promettente. Carica di speranza, e non solo per me. Avrei aiutato altre persone e l'avrei fatto con gli uomini che amavo. Era vero, adesso, ed era fantastico. Divertente. E per *divertente*, intendevo innamorarmi sempre di più.

Cy entrò dopo aver finito di occuparsi dei propri impegni nella stalla. Non mi diede il solito bacio che mi ero aspettata. Quando mi voltai a guardarlo, mi raggelai.

«Che succede?»

Sembrava il Cy che avevo conosciuto la prima volta, l'uomo arrabbiato col fucile sotto braccio che aveva pensato che fossi una prostituta. Lucas sollevò la testa dal frigo e lo chiuse.

Cy lasciò cadere il cellulare sul bancone della cucina. «Mio padre è morto.»

I miei pensieri presero a vorticare. Dennis Seaborn era morto.

«Come... cosa... come?» chiesi, sembrando un'idiota.

«Era un avvocato della città.» Si passò una mano sulla barba, scuotendo la testa. «Sono il suo erede più prossimo. Diamine, sono il suo unico erede.»

«Come?» domandò Lucas.

«Aveva un cancro al pancreas.»

«Porca puttana.» Lucas lasciò andare un brusco respiro. «L'ho visto solamente dal furgone quando siamo andati a casa sua, ma non mi sembrava malato, solamente... vecchio.»

Cy annuì concordando. Io avevo visto solamente una foto sui giornali ed era stata una foto segnaletica. Era sembrato una versione più segnata, infelice e sulla sessantina di Cy.

«Aveva programmato una procedura di Whipple. Non ho idea di cosa sia, ma una specie di operazione chirurgica. Non ha superato l'intervento.»

«Ti ha detto che era malato?» chiese Lucas.

«Non una parola.»

Io andai da lui, lo abbracciai, lo strinsi forte. Poteva anche essere grande e grosso, ma avevo imparato che anche era vulnerabile.

La sua mano mi si posò sulla testa, accarezzandomi la treccia. «Non è tutto.»

Io mi ritrassi, sollevando lo sguardo su di lui.

«Mi ha lasciato tre milioni di dollari.»

Io feci un passo indietro, fissandolo. Lanciai un'occhiata a Lucas, che sembrava sconvolto quanto me. Quanto Cy.

«Ma che cazzo?» sussurrò Lucas.

«È stato il mio primo pensiero,» disse Cy. «L'avvocato dice che gli erano arrivati dei soldi ultimamente. Li aveva messi tutti da parte per me. Le istruzioni erano chiare.»

Lucas fece avanti e indietro per la cucina, poi sbatté una mano sul bancone. «Non pensi che-»

«Si è comportato da adulto,» disse Cy.

«Non capisco,» mormorai io, guardandoli entrambi con attenzione. Per quanto sembrassero confusi, sembravano anche sapere delle cose di cui io non ero a conoscenza.

«È quello che mi ha risposto quando gli ho chiesto perchè avesse confessato di aver ucciso Erin.»

«Si è comportato da adulto,» ripetei io.

Cy annuì, passandosi una mano sulla nuca, poi sulla barba.

«Sapeva di stare morendo e l'ha fatto per te.»

«Cosa? Confessare un crimine che non aveva commesso? Ma perchè?» chiesi.

«Perchè qualcuno voleva che se ne assumesse la colpa,» aggiunse Lucas.

Ancora non ci arrivavo.

Lucas fissò Cy, che annuì.

«I soldi sono stati trasferiti in un conto speciale dal

fondo Mills Land il giorno che è entrato nella stazione di polizia e ha confessato il crimine.»

Io sollevai una mano, fissando Lucas. «Quella è l'azienda della tua famiglia.»

«Già,» rispose lui, scuotendo lentamente la testa. «Chi è che non ti ha odiato a morte dopo ciò che ha fatto tuo padre?»

Io pensai a quando eravamo andati alla casa della sorella di Lucas per aiutare con il trasloco. Il signore e la signora Mills avrebbero dovuto odiare Cy per via delle azioni di suo padre, per aver confessato falsamente di aver ucciso la loro figlia, ma così non era stato. Perchè?

«Porca puttana. Hanno pagato il padre di Cy affinchè lo facesse. Sapevano che stava morendo. Ma perchè?» chiesi.

Lucas mi guardò. Strinse la mascella, le mani che si chiudevano a pugno lungo i suoi fianchi. I suoi occhi azzurri solitamente sereni erano un mare in tempesta. «L'unica ragione che abbia senso è che pensino che sia stato io, cazzo.»

NOTA DI VANESSA

Indovina un po? Abbiamo alcuni contenuti bonus per te.

Clicca qui per leggere!

oppure vai qui:

http://vanessavaleauthor.com/v/db

ISCRIVITI ALLA NEWSLETTER

Unisciti alla mailing list per essere informato per primo su nuove uscite, libri gratuiti, premi speciali e altri omaggi dell'autore.

http://vanessavaleauthor.com/v/db

TUTTI I LIBRI DI VANESSA VALE IN LINGUA ITALIANA

Clicca qui!

o vai a:

http://vanessavaleauthor.com/v/IIn

L'AUTORE

Vanessa Vale, autrice bestseller di USA Today, è famosa per i suoi romanzi d'amore, tra cui la serie di romanzi storici di Bridgewater e altre avventure romantiche contemporanee. Con oltre un milione di libri venduti, Vanessa racconta storie di ragazzacci che quando si trovano l'amore, non si fermano davanti a niente. I suoi libri vengono tradotti in tutto il mondo e sono disponibili in versione cartacea, e-book, audio e persino come gioco online. Quando non scrive, Vanessa si gode la follia di allevare due giovani ragazzi e capire quanti pasti può preparare con una pentola a pressione. Certo, non sarà tanto brava con i social quanto i suoi bambini, ma adora interagire con le lettrici.

www.ingramcontent.com/pod-product-compliance
Lightning Source LLC
LaVergne TN
LVHW011834060526
838200LV00053B/4026